嶺南學人 林縵華文集

林縵華——著
魯曉鵬——編

JPC HK

廣東番禺五鳳村林家祠堂：鏡吾林榮祿公家廟（林縵華曾祖林彭齡，字鏡吾。攝於 2013 年 1 月）

祖父林桂昌（字仲昇）於番禺五鳳村之墓

父親林汝珩（號碧城）

婚禮花童（右一為林縵華，左一為林仲嘉。攝於 1930 年代，南京）

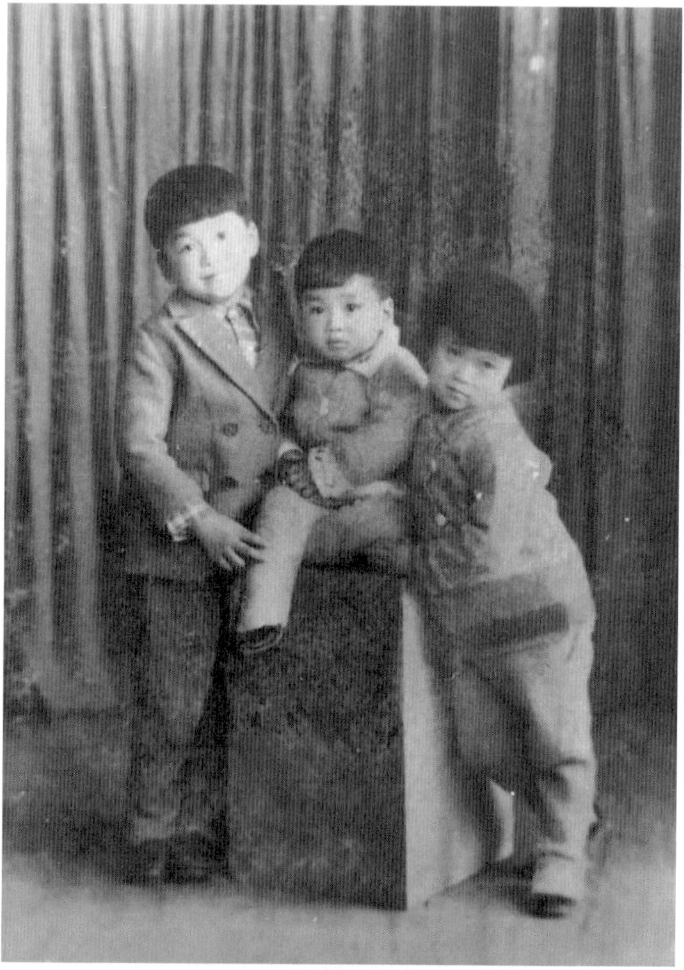
童年兄妹三人（攝於 1930 年代，南京）

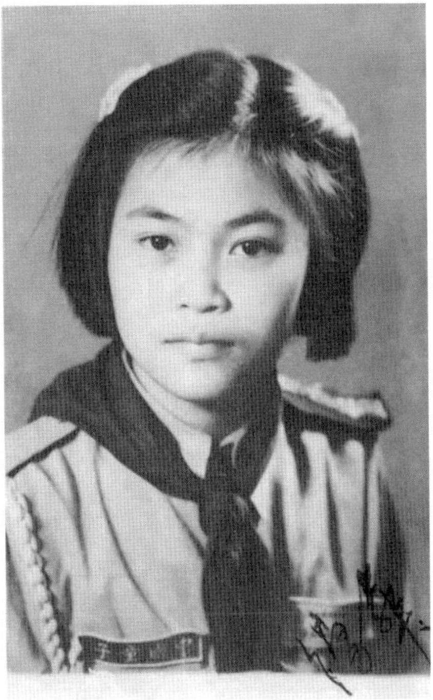

中學時期童子軍（攝於 1942 年前後，廣州）

中學時期（前排左三為林縵華，第二排右一為林仲嘉。攝於 1944 年，廣州）

與母親（前左）、兄林孟熹（後左）、弟林仲嘉（後右）（攝於 1940 年代，上海）

與父親、母親、弟弟（攝於 1940 年代末，香港）

嶺南大學時期（攝於 1950 年前後）

離開嶺南大學參軍前夕（攝於 1951 年初）

在香港海邊（攝於 1950 年前後）

《南國》第二期封面（1950 年）

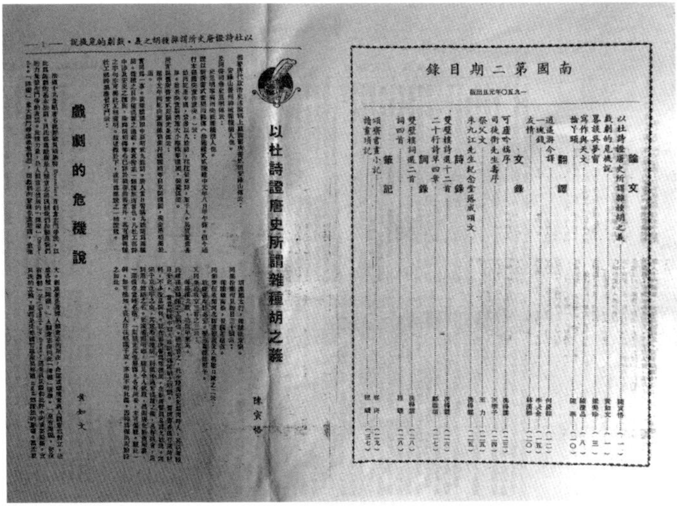

以「梁美珍」之名在《南國》第二期發表論文《略談吳夢窗》

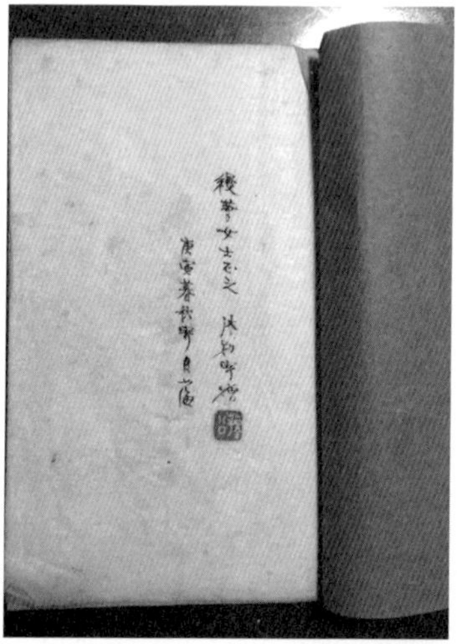

龍榆生贈林綬華《忍寒詞》（1950 年）

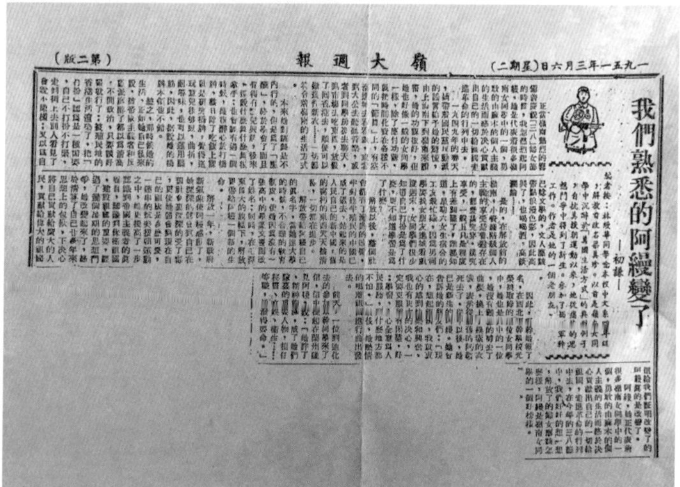

一九五一年三月六日（星期二）　嶺大週報　（第二版）

我們熟悉的阿綬變了

《嶺大週報》（1951 年 3 月 6 日）

參軍途中經武漢東湖（攝於 1951 年 2 月）

與丈夫魯直（攝於 1951 年前後，蘭州）

參軍時期（攝於 1951 年前後）

與西北軍區幹部（攝於 1954 年，蘭州）

同事送別林佩丹（林縵華）（攝於 1963 年，西安）

母親從香港訪問內地時與家人合影（中立者為母親吳壂，左為林縵華，右為兄林孟熹，兩小童為林縵華子魯曉龍、女魯曉燕。攝於 1960 年前後，北京頤和園）

全家合影（攝於 1963 年秋，西安）

全家合影（攝於 1964 年，北京）

北京天安門前（攝於 1960 年代）

全家合影（前左為保姆袁菊英阿姨。攝於 1970 年代中期，北京）

頤和園昆明湖（攝於 1970 年代）

重訪江西幹校（攝於 1980 年代初）

重訪江西幹校住處（攝於 2007 年）

林家三兄妹（攝於 1980 年前後，香港）

在北京郊外小院（攝於 2019 年 5 月）

九十壽辰與三子女（攝於 2019 年秋，北京）

九十壽辰切生日蛋糕（攝於 2019 年秋，北京）

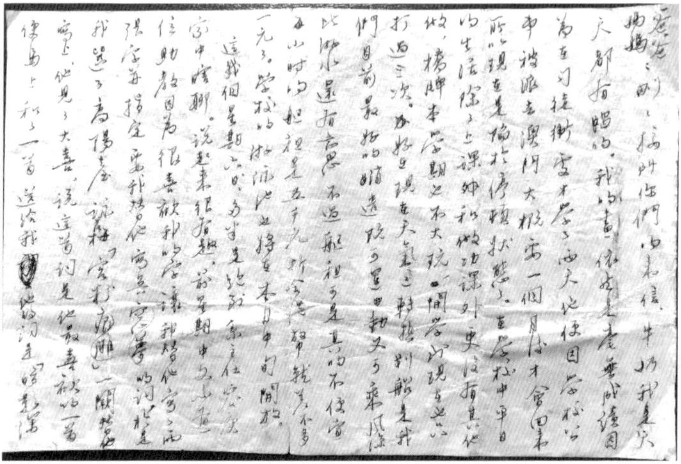

手稿（致父母信）

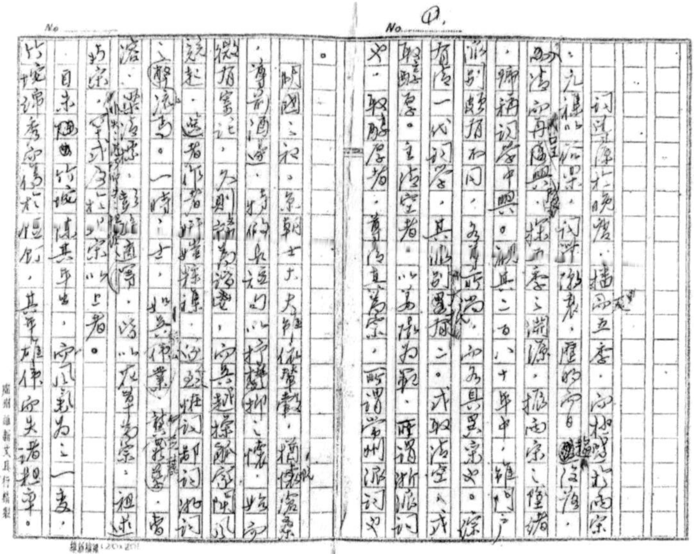

手稿（論文首页）

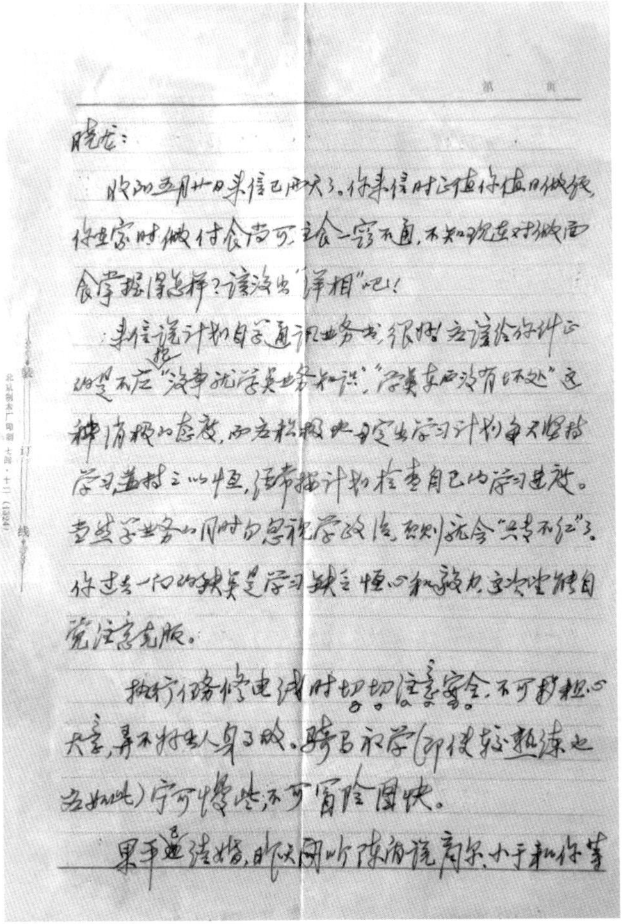

晓龙：

收到五月廿日来信已两天了。你来信时正值你值日做饭，你在家时做付食尚可，主食一窍不通，不知现在对做面食掌握得怎样？该没出“洋相”吧！

来信说计划自学通讯业务书，很好！应该检讨你以往的是不应“没事就学点业务知识”、“学点东西没有坏处”这种消极的态度，而应积极地订出学习计划，每天坚持学习并持之以恒，经常按计划检查自己的学习进度。当然学业务的同时也忽视学政治，否则就会“只专不红”了。你过去一向的缺点是学习缺乏恒心和毅力，这次坚决自觉注意克服。

执行任务修电线时切切注意安全，不可粗心大意，弄不好出人身事故。骑自行车（即使较熟练也应如此）宁可慢些，不可冒险图快。

果子还结婚，昨天同时陈海龙、商东、小于和你等

手稿（致魯曉龍信）

当时全国掀起参军和参干（军事干部训练学校）的热潮，学校又设立报名...参干处。林报名参军被...各学校党（团）组织动员地留，当时岭大许多同学...准备...将...一时...

...号召...上...大肆...说...号召通过参干...学校掀起热潮为...此让林及其他两个...报名...参干而家长...院的女同学回家说明情况，征求家庭同意，取得...方...才能正式批准。岭大...期间...认识许多...的人，而当时又有不少苏联军事顾问...许多...翻译。因此报名参干...准备为...送入俄文...班后到朝鲜，林未来也在其中，应险使...北军区...干部...委两名...说服...文化水平...林...选中，...内定...较俄文...准备...苏联军事顾问当...翻译的计划。

...记服文化...参干，林立...在广州到...的火车上不断思索：如果从爱国抗...的道理...不...

...(1983)月意...讲。兄...文化后，...为...

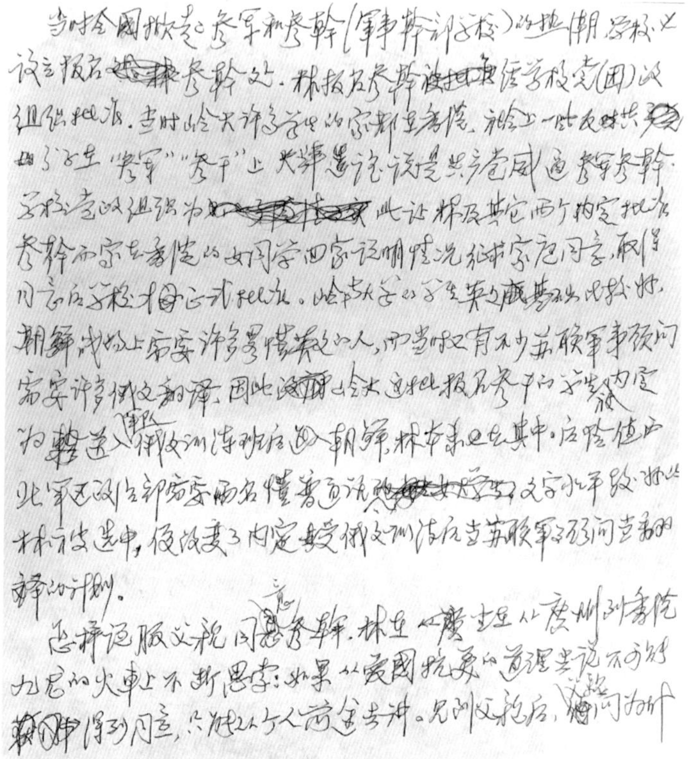

手稿（《從嶺南到西北》）

目錄

前言

魯曉鵬

林縵華，又名林佩丹、林美珍、林思、梁美珍。1929年出生於香港，祖籍廣東番禺，2021年於北京去世。她曾就學於天津工商學院（津沽大學）、廣東嶺南大學，先後師從吳玉如、容庚、陳寅恪、龍榆生。她早年研究詞學、吳夢窗詞、朱彊邨詞。1951年，她響應國家號召，投筆從戎，離開嶺南大學，奔赴蘭州，加入中國人民解放軍西北軍區。此後歷任西北軍區幹事、陝西省委幹部學校教員、國家農墾部《中國農墾》編輯部編輯、農業部政策研究室幹部、中國農墾經濟發展中心幹部等職。她後來的研究和工作範圍涉及中國歷代屯墾、氣功的理論和實踐等課題。基於家庭遭遇和個人命運，她在晚年寫下對於中國當代歷史的刻骨銘心的深刻反思。

這本文集收錄了林縵華各個時期的一部分文章、回憶錄及若干信件。她的生活、工作、研究和寫作跨越將近一個世紀。文集呈現了二十世紀動盪歲月中香港和中國內地知識分子的曲折人生道路，尤其是女性知識分子的艱難人生抉擇。她的文章與回憶有助於專家、學人和一般讀者瞭解二十世紀中國錯綜複雜的社會、政治和歷史。同時，作為一個親身經歷者對歷史事件的口述和記錄，文集也是珍貴的第一手歷史資料。林縵華的經歷是二十世紀嶺大學人的一個生動的具體案例，也是近一個世紀的中國歷史變遷的縮影和索引。在二十世紀上半葉，不僅林縵華本人就讀嶺南大學，她家族裡很多人也先後在嶺南大學讀書，包括她的父親、胞弟、堂姐和幾位姑姑。一定程度上，林家是一個嶺大家庭，而林縵華是嶺大學人的一個代表。

這部文集跨越林縵華六十多年的寫作生涯。林縵華的第一篇長達九千字的學術文章《略談吳夢窗》，發表於一九五〇年元旦的嶺南大學國文學會刊物《南國》（她以「梁美珍」的名字發表此文）。與她在同期刊物一起發表文章的作者大多是她的老師：陳寅恪、王力、容庚等人。她一生最後一篇文章是一萬多字的口述文章：《回憶恩師吳玉如、容庚、陳寅恪、龍榆生先生》，於二〇一五年發表在《文匯學人》。這篇情文並茂的文章被眾多網站轉載，任何人在網站上搜索「林縵華」三個字，便會看到這篇文章。

這本文集包括學術研究與學者記憶，人生經歷與時代反思，家庭親情與個人興趣。收錄的第一篇文章是前面提到的回憶，講述林縵華在私立嶺南大學的求學經歷，大學的風氣，她與恩師容庚、陳寅恪、龍榆生的交往，以及她對詞的研究。文集也選錄了她在嶺南大學期間寫的兩篇詞學文章。文集的第二篇文章也是她在晚年的回憶：《林孟熹生平紀事》。她概述自己哥哥在中國大陸起伏跌宕的一生，從一個具體的側面印證了現代中國歷史的發展軌跡。

由於工作性質和個人興趣，林縵華晚年拓寬了自己的學術領域。她的長文《我國自漢迄清歷代屯墾概況》探討兩千多年的中國歷代屯墾政策和狀況，為國家的農業發展和國防政策提供了歷史依據和參考。作者翻閱大量歷史典籍，翔實引證，仔細考察，寫出一篇不可多得的文章。另外一篇文章源於作者晚年對氣功的著迷和修煉。在強身健體、益壽延年的同時，她探討如何回歸中國傳統健康理念，對其發揚光大，把氣功作為新的科學來發展。在更深的層次上，作者表述其對存在終極和人生真諦的領悟。

林縵華的一部分文章屬於人生經歷與時代反思。這樣的不斷反省和分析，從她二十多歲參軍直到晚年，貫穿了她的一生。尤其在晚年，飽經人世滄桑的她對世界有了新的、更成熟的認識。文集選用了一篇這類文章。她講述在中華人民共和國成立前後的歷史巨變中她的個人命運。林縵華做了重大的人生抉擇，決定離開以往的生活圈，拋掉過去，去偏遠的西北參加中國人民解放軍。她回憶他們這批嶺南學人的坎坷人生經歷，其中的悲劇和喜劇。[1] 在類似的文章中（雖然沒有收入文集），她詳細分析了新中國的政治運動和經濟發展政策，以及它們對民眾生活的影響。她痛定思痛，論及五十年代的反右運動和「大躍進」，一九六二年召開的中共中央「七千人大會」和中共八屆十中全會，以及後來的「文革」。那些忽左忽右、翻雲覆雨的方針乃至極「左」路線，對中國人民的工作、生活、命運產生直接影響乃至造成悲劇，包括林縵華本人（此時已改名為「林佩丹」），自己的家庭，以及身為國家幹部的丈夫。

文集中收錄的林縵華的家書，一方面體現了林縵華的家庭親情與個人興趣，另一方面也折射了廣闊的社會背景。她寫給父母的幾封家書（1950 － 1951 年）是珍貴的第一手歷史資料，表現了在那個歷史節點的一個年輕女性知識分子的思想發展過程。信中涉及她與陳寅恪、龍榆生、容庚、嶺南畫派畫家黎雄才、西洋畫畫家司徒衛等人的交往，當時社會

1　有趣的是，在林縵華參軍後，一位同學於「三八婦女節」到來之際在《嶺大週報》發表文章，盛讚林縵華的思想轉變和實際行動。文章彌漫著那個時期的歷史氣息。「阿縵，她正代表著很多嶺南女同學中的一個，勇敢的由麻木的個人主義的生活而終於決心貢獻出自己的一切給祖國，走進革命的行列中去，在今年的三八節中，我們好好的想一想，解放了的婦女應該怎麼樣，阿縵是嶺南女同學的一個好榜樣。」《嶺大週報》，一九五一年三月六日（星期二），第二版。

風貌，身邊日常生活，等等。跨越時空，在一九七〇年代，她寫給自己子女的一封家書反映了社會主義時期的歷史風貌和家庭情感。

文集最後的後記，是魯曉鵬的回憶文章，概述林縵華（林佩丹）波瀾壯闊的一生。他講述林縵華如何從一位廣東和香港大戶人家的千金小姐轉變為一個社會主義中國的國家幹部，她飽經滄桑的人生，她個人和家庭的遭遇，以及她對人生的感悟和對人的尊嚴的捍衛。

文集收錄部分珍貴的照片和墨蹟。照片來源於不同的歷史時期和地點：民國時期，抗日戰爭時期，國共內戰時期，一九四九之後的新中國時期，從一九三十年代到二十一世紀。照片含括林縵華的童年、少年、青年，歷經中年，直到老年，反映了中國不同歷史階段的風貌和不同社會制度的現實。照片攝於作者在不同時期的生活地點：廣州，南京，香港，上海，蘭州，西安，北京。

作為一個女性知識分子，林縵華生活在一個特定的歷史時期，她的人生道路、事業抉擇、個人命運自然受到時代大趨勢和客觀環境的決定和影響。在一九四九年之後，一些基本的社會因素、思想矛盾和生存的兩難境地纏繞了她的一生並貫穿了她的寫作。出身與事業的矛盾，階級與政治覺悟的關係，親情與政治立場的對立，成了她終身需要面對和協調的基調和主題，她也因而付出了沉重的代價。

林緩華出生於廣東一個富裕的大戶人家，從小受到良好的教育。由於家庭的熏陶和父親的影響，年輕時候的林緩華對詞學產生濃厚興趣。她得以就讀當時頂尖的私立貴族大學——嶺南大學，並授業於幾位國學大師。她對詞的學習和研究，得到了老師們的認可和鼓勵。她的畢業論文題目是朱彊邨詞，因為她認為朱彊邨是晚清詞集大成者，她在論文裡寫道：「朱氏特以造詣之深，身世之感，融諸家之長，卓然自樹一幟，不惟光大常州派，且非常州門戶所能限矣。故論清詞者，謂愈晚出而愈精。而集其大成，為一代之詞宗者，則眾論所歸，咸推朱彊邨先生焉。」（《朱彊邨詞論》）經過陳寅恪的推薦，朱彊邨的嫡傳弟子龍榆生成為她的論文導師。

林緩華二十歲時發表的論文《略談吳夢窗》，可謂一鳴驚人，達到高超的學術水準，被老師和同學們賞識。在這篇博引旁徵、論證縝密、超級複雜的學術論文的結尾，作者發出她作為一位獨立女性的聲音，寫出了一段與學術無關的話。她說：「我喜歡夢窗的詞而不喜歡夢窗的為人，我愛讀夢窗詞而不愛做夢窗詞。」以下是她提出的理由和對中國傳統士大夫們的「總抗議」。

> 為什麼我喜歡其詞而不喜歡其人呢？夢窗之詞若論運思之深，章法之密，煉句之精，字面之雅，用典之

> 奇麗，音律之諧協，皆可稱詞壇之一流作品，而別開生面者。的確深得美成之妙，雖其天分或不如美成，而工力有時或且過之。夢窗的詞，猶之玉溪生之詩，此語誠為確論。這是我所愛讀的。但覺翁的為人就不可同日而言了。我不贊成他的私德，也不佩服他的政治人格。他在私德上，是好酒好色的。雖然，時代的變遷，道德的觀點容或不同，不能以今日的眼光去非議古人的行動，但我總覺得一個老翁，還想癡戀著，或者留戀著一個少女，無論如何，是不雅觀的。至於他的政治人格，他生於南宋末季，眼見宋室之將亡，無匡時濟世之謀，惟日夕追陪顯要，遊覽吟詠，諮嗟太息，將興亡之感慨，寄諸於詞。雖然，這種態度是中國亡國士大夫的一貫作風，本無足怪，或比諸趙孟頫、錢謙益之流要稍勝。但他們為什麼不能學張子房之揮動其博浪金錐？為什麼不能像文文山的慷慨奇節？我這種感想，不是專指摘覺翁一人，我是向好酒好色的詞人騷客們，提出一個總抗議。我更向一班不謀匡國濟民的士大夫們提出一個總抗議。（《略談吳夢窗》）

晚年林縵華回想往事，談到文章中的這段話，略帶羞澀，說自己當年衝動片面，寫了這段無關聯的話。其實，這證明了一位年輕女性萌生的自強自立的女性意識。這是非常難能可貴的。她不贊成這類詞人的「私德」、「政治人格」。而張良、文天祥那樣的古人則是她敬佩的。

中華人民共和國的成立以及抗美援朝戰爭的爆發，改變了林縵華那一代人的思想和前途。嶺南大學校園內的氣氛也來了一個一百八十度的大轉彎，從一個親美的有教會背景的大學轉變為一個反美的陣地。社會上號召大學生參軍、參幹，加入抗美援朝戰爭，這也觸動了林縵華的心。不可預測的歷史進程改變了她的初衷。作為一個追究進步而熱愛國家的大學生，她決定摒棄過去，離開嶺南，離開家庭，去西北加入解放軍，參加新中國建設。日後她回憶道：

> 全國解放後，共產黨給新中國帶來欣欣向榮的新氣象，女幹部們自立、自強的形象加上在北京的哥哥來信，希望自己妹妹不做一個靠丈夫過日子的太太的勸喻，使我開始產生新的人生觀，憧憬一種新的生活。解放後，嶺南大學不少在讀的學生對共產黨政權懷疑、不信任，陸續轉赴美留學，父親此時也對我說：如果你也想去美國念書的話，可以送你去。我以自己是讀中國文學的，英文基礎不好而拒絕，其實內心深處則是思想意識正在變化。抗美援朝運動導致我做出「參幹」的選擇，使我的人生軌跡發生了巨大變化。「參幹」以後的遭遇如同許多嶺南同學一樣，都有過在無產階級專政的

政權下，承受著剝削階級家庭出身和海外關係的重壓，在一場又一場的政治運動的風風雨雨中，走著坎坷的人生道路的一段經歷。(《從嶺南到西北》)

時值一九五〇年底、一九五一年初，林縵華是二十歲出頭的女大學生。對於自己的未來，她可以回到香港，或去海外留學，或在學府任教，或嫁人做太太。但是，她做出了參幹、參軍的選擇。這個大膽的決定徹底改變了她的人生軌跡。雖然後來她為此付出慘痛代價，但她不後悔當初的決定。一個熱血青年理應在國家需要時挺身而出。在日後的工作中，她利用自己堅實的文字功底，為國家和人民服務，在新的領域裡進行研究（比如撰寫長文《我國自漢迄清歷代屯墾概括》）。

因為參加革命工作，林縵華和她的嶺南大學同學的坎坷經歷，也發生在她的哥哥林孟熹身上。林孟熹畢業於燕京大學，先後在中宣部和外交部工作。一九五七年被劃為「右派」。然而，他並沒有從此消沉，而是盡可能地為國家效力。一九七〇年代末，有關單位取消了他的「右派」帽子，給他恢復名譽。在離開香港三十年後，他終於回家了。一九七八年歲末，他行至深圳羅湖橋頭，即將踏入香港土地，百感交集，賦詩抒情：

> 殘葉奈何辭故枝，橋頭舉步復棲遲。
> 多情故里喜重見，無功老驥枉驅馳。
> 卅載功罪憑誰說，一片冰心難我移。
> 神州何日奔萬馬，願化飛塵伴征衣。（《林孟熹生平紀年》）

「一片冰心難我移」、「願化飛塵伴征衣」等詩句，表明了林家兄妹和他們那一代人的胸襟和情懷。雖然飽受磨難和艱辛，他們的拳拳愛國之心和奉獻精神從未改變。

隨著中國大陸政治氣候的變化和整個民族的成熟，晚年的林縵華對自己的過去有了重新的認識和評價。她的態度從揚棄傳統文化轉變為致力於傳承文化。在她八十六歲高齡的口述文章《回憶恩師吳玉如、容庚、陳寅恪、龍榆生先生》裡，她深為感慨地寫道：

> 參軍以後很長的一段時間，我自覺地不認同所謂的反動封建文化，反動學術權威，不再去回憶當年的師長所傳授的學業，甚至於噤若寒蟬。直到「文化大革命」結束較久之後，當社會能夠比較理性地評價中國的傳統文化並致力於承傳和傳播中國傳統文化的大師們的時候，清朝顧貞觀詞《金縷曲》「深恩負盡，死生師友」的那句話常常縈迴於我心中，引起很深的共鳴而不能自

> 已。尤其是對當年陳寅恪先生和龍榆生先生正在悉心指導我寫大學畢業論文的時候，我竟然不辭而別的這種行為，總有一種沉重的負罪感而不能釋懷。

她的這篇長文，不僅是珍貴的歷史資料和對往事的回憶，也是對中國文化傳統的再認同和深情禮讚。

一個永久纏繞而揮之不去的情結是林縵華與父親的關係。本來簡單自然的父女關係，在新的社會環境下演變為親情與政治立場的對立。直到參軍前，林縵華與父親都保有深厚、融洽、良好的親情。在學業上，父親引導了女兒對詞的興趣；在生活中，女兒是父親的掌上明珠。從文集中幾封女兒在一九五〇年從嶺南大學寫給父母的信件，可以看出斑點。但是，在那封寫於一九五一年四月、從解放軍西北軍區發出的信裡，女兒的思想和對父母的態度起了變化。

> 我希望你們能回國居住，父親年紀還輕，能夠出來做點事不更好嗎？只要能坦白過去，相信不會有什麼問題的。希望你們能詳細的考慮一下。
>
> ……
>
> 我很願意像你們信中說的把泥上指爪視為一些為國家人民服務的功績（不過我不幻想什麼功績，我只希望能做大海中的一點滴），並且還要終身向著這目標走。

> 爸爸、媽媽，假如你們看到你的女兒能夠為國家人民服務，找了一條正確而光明的道路，那麼不是很安慰和愉快嗎？假如你們要掛念我，我願意更盡力地為人民服務來報答你們。

女兒信中的語言，已經不再是以往兒女情長的輕鬆閒談，不再涉及打橋牌、划船、學畫、詞學，而是充滿革命話語。她勸說父母離開香港回到內地居住，而自己「找了一條正確而光明的道路」，將以「為國家人民服務」報答父母。她本人在軍區也必須通過軍區組織部門嚴格的幹部審查。在她所屬的西北軍區政治部內，很少人有她這樣的出身和海外關係。她要向組織如實陳述自己的出身和家庭背景。她還取了新名字：「林佩丹」，不再是林縵華。在日後給父母的信中，她還寫了責備父親過去歷史的話語，導致父女關係破裂，雙方書信斷絕。

父親在香港早已脫離政界而改為經商。同時，他也是香港詞社「堅社」的成員，寫下大量動人的詞作，後來編成詞集《碧城樂府》。他的許多詞表達了對親人、子女、友人、和中國內地的眷戀。比如，其中一首詞《鷓鴣天・恩怨都隨一夢銷》就是表達對女兒的思念。試抄錄另一首詞如下。此詞寫於壬辰重九，即一九五二年農曆九月九日重陽節。父親身處香港，而女兒遠在甘肅蘭州。

桂枝香・壬辰重九

韶華似舊。正異客異鄉，又逢重九。乍雨還晴總是，釀愁時候。茱萸強自簪巾幘，繞危欄，獨憑高岫。夕陽無限，江關何處，幾回搔首。

更誰共、東籬把酒？歎人遠天涯，淚沾襟袖。故國西風，料也比黃花瘦。何須更問秋能幾，且看他敗荷衰柳。膾鱸休憶，無多歸興，亂鴉啼後。

父親在重陽節表露了「異客異鄉」、「江關何處」、「人遠天涯」、「故國西風」的孤獨感覺和思鄉情結。隨著時間的推移和中國大陸階級鬥爭的緩和，林縵華對自己的父親也有了重新認識。她悔恨當年的衝動和對父親的責怪。她和弟弟以及她的子女花了幾年時間整理父親的詞集和資料，將其付諸專門機構出版和保存。[2] 這是她對父親表達遲來的歉意，也是

2　有關林縵華父親的詞作、家族和事蹟，見林孟熹：《杏花姑娘的故事：懷念我的大家姐》，收於林衛烈、林震風、林笑天主編：《懷念林孟熹》（香港：凌天出版社），100 － 107 頁。林汝珩：《碧城樂府：林碧城詞集》（香港：香港大學出版社，2011）。魯曉鵬：《一九五〇年代香港詞壇：堅社與林碧城》，《現代中文文學學報》（香港嶺南大學）12 卷 2 期（2015 年夏），138 － 209 頁。鄒穎文編：《番禺林碧城先生藏故舊翰墨選輯》（香港：香港中文大學圖書館，2018）。魯曉鵬：《承前啟後，繼往開來：堅社與林碧城》，《番禺林碧城先生藏故舊翰墨選輯》，347 － 354 頁。魯曉鵬：《林汝珩家事考》，《番禺林碧城先生藏故舊翰墨選輯》，355 － 358 頁。

傳承中國文化的一個實際行動。

林緼華生命中的另一條主線是她與丈夫魯直的患難與共、悲喜交織的命運。他們在西北軍區相識相愛，於一九五一年十月在蘭州結婚。他們兩人的出身、家庭背景、和生活習俗，有著天壤之別。林緼華出生在南方，成長在所謂的「國統區」和抗日戰爭時期的「淪陷區」。魯直出生於陝北的一個農民家庭，長期工作在革命根據地和革命隊伍裡，出身可謂根正苗紅。[3] 他們兩人的結合頗具傳奇色彩。

當林緼華在繁華的大都市香港、廣州、南京、天津讀小學、中學、大學的時候，魯直則從事革命工作，日夜奔波在陝甘寧邊區、中共西北局和西北野戰軍。做一個有趣的橫向比較，可以看看魯直和林家在一九四九年的幾個月內分別做了什麼事。時任解放軍第一野戰軍宣傳部長和文化部長的魯直，於一九四九年四月二十六日在野戰軍政治部的宣傳會議上作報告，題為：《一年來宣傳工作基本總結和今後意見》。他一方面總結過去的工作，同時他督促解放軍的指戰員適應解放戰爭的發展，準備接管城市，把工作重點從農村轉移到城市。那時林緼華和她的家人在哪裡，做些什麼哪？林緼華在廣州市的嶺南大學讀書，耽愛詞學，父母居住香

3　有關魯直生平，見魯曉鵬、向志利主編：《魯直文集》，北京：中國傳媒大學出版社。

港。在大學秋季開學之際，她和父母在香港送弟弟去美國留學，學習科學。父親寫出豪邁的送別詞《摸魚子・送仲嘉兒赴美》。

> 背西風、提攜何往，煙波渺渺南浦。年年傷別傷秋慣，省識河橋深處。行且住！念此去、江山信美非吾土。叮嚀爾汝，縱萬里乾坤，十年書劍，莫忘神州路。
>
> 憑誰訴？曷不生兒愚魯，趨庭繞膝朝暮。天涯冷落霜風緊，薑被夜寒何補？千萬縷，歎白髮、緣愁哀樂中年度。憑欄無語。看碧海青天，沖霄鴻鵠，振翮乘風去。

父親囑咐兒子：國外雖然好，但畢竟不是自己的國家，不要忘記家鄉。「江山信美非吾土。叮嚀爾汝，縱萬里乾坤，十年書劍，莫忘神州路。」子女不在身邊，父親感到孤獨；但還是希望子女前程遠大，將來一展宏圖。「看碧海青天，沖霄鴻鵠，振翮乘風去。」

也就是在林緩華送別弟弟去美國的時間段，一九四九年八月，魯直所在的第一野戰軍攻克蘭州。蘭州也因此成為西北軍區所在地。兩年後，一九五一年，林緩華和魯直恰恰在位於蘭州的西北軍區相遇，聯姻，組成家庭。這兩位帶有渾然不同階級背景的個人，如此走到一起，是一段佳話，也埋下潛在的禍因。

魯直是一位忠誠的國家幹部。他一生勤懇工作而不計較個人得失。也正是他的正直和忠貞導致了仕途的沉淪和最終的悲劇。一九六二年中共中央召開擴大會議，又稱「七千人大會」。身為西安市委書記處書記，魯直參加了這次會議。他被同事推舉代表西安小組在大會上發言、反映情況、給領導提意見。據林緩華回憶：「魯被推為代小組發言，其實是一個『兩難』的角色，不講大家對領導工作的意見則有悖眾意，如實代表發言而被批判戴帽者在以前的多次運動中屢見不鮮。魯還是抱著忠誠之心，不取明哲保身之道⋯⋯終至不可避免地惹來大禍。」（《新中國曲折道路》，未收於文集）因為他的發言，事後魯直被工作單位批判，調離陝西，降級使用。在一九六〇年代，中國大陸的政治生態不斷惡化，終究導致「文化大革命」的爆發。林緩華和魯直受到政治運動的衝擊，導致家破人亡。魯直在「文革」幹校深受迫害，含冤去世。

林緩華和魯直是患難與共的恩愛夫妻。但是，在殘酷的現實面前，林緩華的出身和海外關係，成了政治運動中別有用心的人打擊魯直的藉口和突破口。林緩華認為自己拖累了丈夫。她在《從嶺南到西北》的結尾這樣寫道：

> 人生有種種痛苦。一個深愛著你，你也同樣愛他，

> 他卻因為你的緣故，長期被連累著，這個緣故又不是自身的錯誤，雙方只能處於無奈的壓抑中，直至他含冤去世，從沒有一句抱怨的話。這是一種無法用言語表達的痛苦。斯人已矣。我在魯去世近三十年之後，再次翻閱盈尺的為魯昭雪的申訴書的底稿和一堆記錄著「文化大革命」中魯被迫無限上綱上線的自我批判、認罪的筆記，已經不再是悲憤，而是對歷史的反思和人生的感悟。我一頁一頁地撕碎、扔掉那些記載著在那場極「左」路線之下的洗劫中，人們是如何被運動和殘酷鬥爭所扭曲，顛倒黑白，捏造罪行，践踏人的起碼的尊嚴，蹂躪人的心靈的材料。不過還是保存了一些，好讓活著的人對那段沉重的歷史仍然保留著記憶。

歷史是不能忘卻的，也不應當被忘卻。人們曾經承受的精神創傷也會陣陣作痛，不能消失。林縵華發自肺腑的回憶是對那段荒誕歷史的見證和控訴。

隨著歲月流逝，林縵華成為人母，也同樣寫信教育自己的子女。一九五〇年代初期，她離開香港和廣州，奔赴偏遠的西北地方參軍。二十多年後的一九七〇年代中期，她的長子也離開大城市北京，遠走西北，去新疆參軍服役。與此同時，她的女兒在北京郊區「插隊」學農，「接受貧下中農再教育」。時值「文革」晚期，在一封寫給在新疆服役的兒子的信中，她語重心長且帶有幽默地敦促子女追求進步，認真學習，兄妹間展開「革命的競賽」。她寫道：

> 曉燕給你寫信了嗎？今天接她來信說目前天天練「蹲功」給棉花移苗、除草、鬆土，連跪帶爬，疲勞不堪。過幾天就收麥子了，可能每天只能睡三個小時。就看曉燕能不能挺過去，經得住這場鍛煉了。曉燕在那裡大概挺努力，隊裡已提名補選她為團支書（不知批下了沒有）。她不是說要和你展開革命的競賽嗎？望你也加油。（《致長子魯曉龍信》）

她引導孩子們不怕吃苦，不嬌生慣養，勇於在勞動和集體生活中鍛煉自己，完善自己。她要大家一起「加油」，互相鼓勵。

林纓華晚年練習氣功，尋求生命的寄託，企圖超越自我，與大地自然混而為一。（見其文《十年悟宗旨，「春育」解混元》）。但是她的意識令她不能完全超越塵世，對往事不能釋懷。她不斷地凝視和介入這個悲喜交加的人世間，一息尚存，便要做出最後貢獻。她愛這個世界，愛她的親人，緬懷過去，珍重傳統，也珍重自己努力踐行的事業。在她離開這個世界去彼岸安息之際，人們也應當認識這位曾經生活在這個世界上的平凡而又奇特的嶺大學人。我們為她在人間留下的印記而感歎。林緩華九十多載的跌宕起伏、幾經反覆的命運，是現代歷史進程的一部分。瞭解她也是瞭解歷史，瞭解中國。

這部文集的編輯工作是由林緩華的三個子女魯曉龍、魯曉燕、魯曉鵬一起完成的。他們合力做了大量工作，包括資料收集、文章選用、文字輸入、文集設想，等等。雖然魯曉鵬是文集的名義編者，但他們每人都付出了心血和努力。在此，編者感謝他的哥哥和姐姐的協作和支持。衷心感謝林緩華的胞弟、編者的舅舅林仲嘉教授的指導和幫助。特別感謝香港三聯書店總編輯周建華先生對這部文集出版的支持以及他對文集編輯所給予的指點和建議，也感謝責任編輯林冕仔細認真的工作。

二〇二一年秋

美國加利福尼亞州戴維斯市

回憶恩師吳玉如、容庚、
陳寅恪、龍榆生先生

我於一九二九年出生於香港。我的祖籍是廣州。我的童年、少年和青年時期正值抗日戰爭、解放戰爭和新中國成立之初的社會劇烈動盪的年代。我的生活和求學輾轉於香港、廣州、澳門、上海、南京、天津等地。高中階段的學習時斷時續，以至於輟學。大學還差一學期畢業，沒有完成學業就去參軍，加入抗美援朝。所以當我今天看到兒童和青少年能夠在日益昌盛的祖國的和平環境裡按步驟地完成自己的學業，我羨慕這種我沒有過的幸福。不過，我還是很幸運的。在我大學的三年多的時間裡，我有幸受業於史學大師陳寅恪、語言學大師王力、文字學大師容庚、書法大師吳玉如、詞學大師龍榆生等人的門下，甚至於國畫大師黎雄才也教過我國畫。但是我當時並不懂得珍惜這一切。參軍以後很長的一段時間，我自覺地不認同所謂的反動封建文化、反動學術權威，不再去回憶當年的師長所傳授的學業，甚至於噤若寒蟬。直到「文化大革命」結束較久之後，當社會能夠比較理性地評價中國的傳統文化並致力於傳承和傳播中國傳統文化的大師們的時候，清朝顧貞觀詞《金縷曲》中「深恩負盡，死生師友」的那句話常常縈迴於我心中，引起很深的共鳴而不能自已。尤其是對當年陳寅恪先生和龍榆生先生正在悉心指導我寫大學畢業論文的時候，我竟然不辭而別的這種行為，總有一種沉重的負罪感而不能釋懷。我年老記憶力嚴重衰退，回憶六十多年前眾多師長授業的情況和他們傳授給我的知識，大多已記憶不清甚至遺忘，唯有對幾件事仍是難以忘卻，其中有的是鮮為人知的事情。雖然是零星點滴的事情，但卻可以從中窺見這些大師們深厚的愛國主義情懷，崇高的道德品質和授業誨人的精神。

1. 在天津師從吳玉如先生

一九四七年，我很幸運的能以同等學力考入天津工商學院中文系（學校後來改名為津沽大學）。系主任是吳玉如先生。他是很著名的書法大師，以書法名重於世。他在辭藻和小學方面造詣也很高。我要講的是他在工商學院給我們授業的情況，直到現在印象還很深。他教我們文選課，以《昭明文選》為課本。我們第一天上課的時候，他為了瞭解學生的文學基礎，念了一段很短的古文讓大家聽寫。然後他在黑板上寫出這段短文，他讓每個學生對照檢查自己的錯誤，並舉手自報錯誤五個、十個、十五個、二十個、二十五個以上。我是廣東人，以前很少聽到有人用國語（就是現在所指的普通話）來讀古文，所以錯了二十多個字，是全班錯誤最多的一個。吳先生走到我書桌旁邊，我低聲向先生解釋。吳先生用一種引人深思的口吻說：「一個學習中國文學的學生，聽不懂國語，你是中國人嗎？」面對先生這句話，我一下子目瞪口呆。這個下馬威激發了我作為一個中國人、一個中國文學系學生的民族文化意識和愛國主義情懷。不久，吳先生看大家的學習勁頭不是很大，就在課堂上用沉重的語調說：「不要忘記我們中國人曾經經歷過想學中國文化而不被允許的日子。」我相信這指的是他在東北的那些日子，因為他曾經住在東北，九一八事件後才進關。先生的這些話使我意識到必須努力學好中國文化。作為中文系的學生，我們肩負著傳承中國文化的責任。吳先生從愛國主義角度對學生學習熱情的激發，給了我深刻的印象。

吳先生很重視書法，他認為就讀中文系的學生就應該寫好中國字，而且不能隨意胡寫草書字體。由於中國古書的文章沒有標點，他認為中文系的學生應該學會斷句。有鑒於此，他在講授每一篇文章之初，就把文章的一部分抄在黑板上，寫滿整塊黑板。他的書法很漂亮，而且有意地對同樣的一個字用不同的行書、草書寫出來，而且不加標點，讓我們自己先去加標點斷句。吳先生的這一教學方法使我們在書法和斷句方面很快得到提高。當我們受到激勵，努力刻苦學習，產生了一種急於求成的思想時，吳先生就及時地為我們寫了他所作的一首七言律詩在黑板上。我記得頭四句是這樣的：

學豈能開頃刻花，
惠風酥雨怒春芽。
生無一曝十寒理，
悟有峰迴路轉涯。

他用這首詩來告誡我們，學習不能急於求成，要長久地持之以恆下苦功去學習。在期末考試快要來臨之前，吳先生教了我們最後一篇文章。這是一篇什麼文章，現在我已完全記不起來了。課堂上他簡單地從字面意思上做了講解之後，告訴我們，學習古人的文章有時需要查閱有關的書籍，才能更好地瞭解作者為什麼寫這篇文章和文章的含義。他讓我們去查《後漢書》裡面的相關文章作為課外功課。那時臨近期末考試，大家都忙於各門功課的複習，誰也沒有重視吳先生佈置的這個功課，沒料到《文選》的幾道考試題目裡，就有一道題是要求寫出這篇文章的含義。由於沒有準備，有的同學就按自己的理解回答，有的同學乾脆放棄不答。吳先生毫不留情地在這道題上給了全班每個同學零分。同學們在沮喪於學科成績不如意的同時，懂得了應該如何去學習。吳先生就是這樣針對學生在不同時候的不同思想，及時循循善誘，在思想上和學業上幫助大家，使得我們這些大學一年級的學生，為繼續學習中國文化打下了比較全面的基礎。

一九四八年的暑假到了，當時國民黨軍隊在遼瀋戰役節節敗退，眼看戰火就要燃燒到京津。在香港的父母來信，讓我趕緊離開天津轉學到上海。那時我的弟弟正在上海讀大學。當我看了父母的來信，決定離開天津時心裡很難過，我捨不得離開就讀的學校和先生。我把要離開的打算告訴了吳先生。在我向先生辭行的那一天，先生送給了我一幅他寫的字，並和師母一起把我送到家門口。打開那幅字一看，上面寫的是：「子在川上曰：逝者如斯夫，不舍晝夜。」這是《論語》裡孔子勉勵學生學習的一段話。我把這幅字帶回到香港。在我參軍之後，父母搬了幾次家，不知何時這幅字遺失了。

離開天津後，我就到了上海，轉讀上海女子震旦大學。九月開學，而十一月中下旬淮海戰役眼看危及南京和上海，父親又來信讓我和弟弟迅速離開上海回香港。

我到了上海之後曾先後兩次給吳先生寫過信，吳先生均一一作覆以作嘉勉。可能有過高中階段的時輟時續的經歷，加之有良師的教誨，在天津工商學院期間，我非常珍惜學校的學習，如飢似渴地一心專注勤奮學習，可以說是「兩耳不聞窗外事，一心唯讀聖賢書」，學業進步頗大，也得到老師的嘉許。天津私立工商學院的辦學淵源我不清楚，我看到的管理人員多為牧師和修女，學校管理嚴格，校風樸實，學生衣著也很樸素。轉學上海還來不及適應，又匆匆南返香港。

一段後話。我的哥哥知道我曾師從吳玉如先生，惋惜我丟失了吳先生送給我的條幅。一九九〇年代，他在一家拍賣行買到一件吳先生書寫的條幅並送給我。這是用行草字體寫下的兩句詩。

詩句有情真放膽，
人生何事不開顏。
（己未夏寫舊句　迂叟）

印文之一：吳家琭印，印文之二：迂叟八十後所書。己未是西元一九七九年，吳先生去世前三年。我很珍惜這幅字，把它掛在客廳裡，每天能看到。

2. 嶺南大學中文系主任容庚先生

我乍到香港之初和當地的社會風俗頗有格格不入之感。父母親讓我燙了頭髮，換了新裝，告訴我需要注重舉止儀態。我和弟弟決定都考廣州嶺南大學。嶺南大學實行學分制，我缺少一個學期的學習成績不影響轉學。我以英文成績差、但中文成績優秀而被錄取為中國文學系二年級學生。（中國文學系亦稱中文系或國文系。）有著美國基督教背景的被視為貴族學校的嶺南大學和天津工商學院校風反差很大。入學半年後廣州解放了。解放後的嶺南校園發生了很大變化，我個人也在變化著。

嶺南大學在華南享有盛譽，它的前身是一八八八年由兩位美國傳教士創辦的格致書院，以後改為由美國一些企業家和教育家等友人組成的董事會（又稱嶺南大學基金會）來管理。由於一九二五年五卅運動和北伐戰爭的影響，反帝熱潮席捲全國，民眾提出要收回外國人辦學的教育權。嶺南大學於一九二五年首先實行按照當時政府頒佈的條例，學校由主要為中國人組成的嶺南大學校董會管理，校董會決定由鍾榮光為校長，李應林為副校長，他們都是虔誠的基督教徒。鍾榮光早年曾追隨孫中山參加過中興會和同盟會，以後投身教育。由中國人接辦後的嶺南大學的辦學經費是靠學費收入、當地殷商捐獻、政府補貼和華僑捐款。美國的嶺南大學基金會變為輔助性機構，其職責僅為無償地負責為嶺南籌款捐贈圖書儀器，以及聘請外籍教師。鍾榮光為了籌措辦學經費奔走國內外，在粵港地區向企業家籌募基金，又到世界各地向華僑宣傳嶺南大學，歡迎華僑子弟來嶺南就讀，取得了海外華僑捐贈。辦學不但可以為繼，而且擴大了校園，增加了教學設施。鍾榮光為了不使與創辦學校的美國教會失掉關係和繼續得到他們的支持，提出來大學仍然繼承基督教義，把作育英才、服務社會作為辦學思想。

一九三七年鍾榮光告老辭職，由李應林接任校長。李校長於一九四八年提出辭呈，校董會決定聘請陳序經擔任校長。陳序經當時是天津南開大學的教務長，是校長張伯苓的得力助手。陳序經慨然應允，張伯苓卻幾經協商才答應借用兩年。當時政局急劇變化，人們惶惶不安地注意著時局，陳序經毅然接任校長。他順時而動，計劃趁大批學者和教授欲離開北京南下然後到其他地方避戰禍之機，他決心把嶺南大學辦成像清華、北大那樣的一流學校。他按照這樣一個理念辦學，即要辦好一所大學，不僅僅在於有良好的設施和設備，重要的是具有在各門學科上的頂尖教授。因此，他在一九四九年八月份到校履任之前，先後去了北平和香港。在北平他瞭解到學人和教授的動向，登門拜訪了十幾位學者和名教授，誠懇地向他們表達假如有意離開北平的話，希望能應聘嶺南大學。他又與一些已經南下的學者和教授取得聯繫，之後他去香港募捐辦學經費，籌得一筆數量相當可觀的捐款，能夠為應聘來校的教授們提供優厚的薪酬和較好的生活待遇。一時間只有一千一二百位左右學生的嶺南校園雲集了二十多位知名學者和著名教授，教學品質大大提高，學生的狀況也發生了一些變化。

嶺南大學因為有優美的校園、優良的學習和生活設施，重視教學品質，長期以來被視為貴族學校。粵省和香港的富家子弟多就讀於此。我的父親及幾個姑姑和我的姐姐當年都就讀此校。海外華僑子弟來校就讀的也不少。這個時期又增加了這樣兩方面的生源，一是慕名師而來。一九五二年全國院校調整，嶺南大學被併入中山大學。一九五六年，在全國大學共評出一級教授五十六人，前嶺南大學佔十二位。全國一級醫學教授八位，前嶺南大學醫學院的教授佔七人。文理科有一級教授四位，前嶺南大學佔三位（陳寅恪在內）。當時在醫學院就讀的不少學生本已打算出國就讀，因仰慕嶺南醫學院名師之多，便打消出國之意，投考嶺南醫學院。另一方面，不少上海等地的大資本家因為政局原因，避居香港，校園內一時來了許多這些富豪的子弟。南京國民黨政府先後南遷廣州、臺灣，一些沒有隨往臺灣的國民黨高官子弟來就讀者也為數不少，一時校園內洋氣和富豪之氣甚盛。我在這樣的背景下來到嶺南大學。

嶺南大學中文系是個小系，每個學期的學生只有十人以下，可此時擔任授課的有被視為國寶級史學大師的陳寅恪，他兼任歷史系和中文系教授；有語言學大師王力，他是文學院院長；有文字學大師容庚，他是中文系主任。我先後選修了陳先生的「白居易詩」和「元稹詩」，王先生的「音韻學」，容先生的「文字學」和「鐘鼎文」等課程。考試成績很好，其實卻沒學懂，但是我對中國文學大大開闊了眼界。我過去對古典文學的欣賞往往是在詞句、辭藻、章法和所表達的思想感情方面，而陳先生講授元白詩很注重考證，詩史互證，詩文互證，同期詩人作品互證，往往發前人所未發，給我的印象至深。聽了王先生的「音韻學」，容先生的「文字學」和「鐘鼎文」課，使我深感中國文字學之博大精深。但此時我對學業的專注已逐漸地不如以前了。在這所崇尚西方生活方式的貴族學校裡，我自覺不自覺地逐漸適應，我學會並且喜歡上打橋牌，覺得它既能娛樂，又能訓練頭腦。我不止一次隨同學校的橋牌高手到醫學院的教授家裡打橋牌，教授以當時難得的咖啡款待。我不喜歡咖啡的味道，卻很欣賞這種西化的款待。我不喜歡但也學會了跳交際舞。校內節日和週末常有學生舉辦的舞會，我覺得我不應該完全拒絕這種學生之間的交往。學校位於珠江之畔，校內有小艇供租用，週末和假日我也喜歡結伴泛舟珠江之上。用於玩所消耗的時光，我用夜讀來補償，但學玩兼顧，我已不是一心專注，而是一心二用了。

相繼又發生了一系列我不能回避的事情。一九四九年秋天開學後，前任的中文學會會長李炎全因忙於論文等事提出辭職，我因功課好被推選繼任，其後又被推選為學生自治總會的文化委員。擔任這些職務並非我所願，父親早就屢屢告誡，不要沾政治，不要搞學生運動，但又卻之不恭，只好不得已而為之。廣州解放後，政府陸續頒發新政，學校在貫徹執行時，有不少事情需要依靠學生組織出面發起。廣州解放前物價飛漲，貨幣不斷貶值，商家和消費者都不願存持國民黨的貨幣。市面流行的多為港幣，校內各項收費幾乎都以港幣為單位。解放後政府明令禁止使用外幣，外幣兌換只能在銀行進行。一九四九年十二月，學校為了表示對政府的擁護和支持，讓學生總會草擬禁用方案，交學生代表會討論，任務交給了我。其實就我個人而言，我反對禁用，因為我從家裡帶的是港幣，對政府的貨幣尚缺乏信心，不願一下都拿到銀行兌換，但職責所在，只好照辦。我就是這樣一步一步被推著往前走。我兩耳要聽窗外事，怎麼能置身其事之外？

一九五〇年元旦過完不久，二月間新的任務又來了。新中國成立後，政府採取了一系列穩定物價和使全國財政收支平衡的政策和措施，其中之一就是發行公債。學校內定的購買公債的任務分配給各個系的學會，由各系學生會組織購債事宜。當時廣州解放才四個月，人們對政府多存觀望，信任度還沒建立起來，校園裡學生們反應極為冷淡，都不願意掏腰包買公債。國事當前，不容懈怠，我們立刻組織中文系全體學生會，並邀請系主任容庚參加共同商議。包括我在內的所有同學都沒有購買公債的意願。容庚先生是著名的文物收藏家，有同學建議在校內開一個小型展覽會，展出容先生的收藏，收取門票以購債。容先生立即慨允，他考慮到學生對參觀古文物的興趣不會大，門票收入有限，決定由他出面邀請嶺南著名國畫家黎雄才、關山月，在中山大學任教的書法家商承祚和本校擅長西洋畫的司徒衛先生屆時到校，即席揮毫義賣購債。展覽會在周日上午舉行，展出前一天容先生親自指揮，佈置展室，設計好每件展品的擺放位置和每張國畫懸掛的地方。容先生的住宅和展室頗有一段距離，展出當天清晨，容先生將要展出的文物包裹捆紮好，用自行車多次往返送到展室。當他逐漸擺放停當，便匆忙趕往校園碼頭，迎接應邀義賣的幾位書畫大師。

最先前來參觀的是以王力院長為首的中文系老師。他們頗具欣賞的眼光，常在展品前駐足。正如容先生所料，校內學生前來參觀者並不踴躍，對即席揮毫書法也不大感興趣，向黎雄才、關山月兩位大師求畫者也不多。唯獨校內的司徒衛先生懂得嶺南男生的喜好，別出心裁地帶來了一條淨色的領帶，用不脫色的彩色在領帶上作畫，不多時領帶上就出現了美麗的圖案，很受歡迎，不少男生趕返宿舍取出領帶請司徒先生作畫。展覽於中午結束，容先生宴請幾位熱心義賣的來賓，中文系幾位老師作陪，我以中文學會會長身份也陪坐。宴罷容先生又陪同幾位書畫大師到碼頭送行，然後匆匆趕回展覽大廳，收拾展品，把展品一件一件包裹捆紮，用自行車一次一次運回家。如此勞累忙碌一天的容先生時年五十六歲。

中文系此次展覽義賣所收入款項共購得公債一百四十八份，超額完成任務。全校其餘各系都沒有完成任務，於是學校仿效中文系義賣的辦法在週末舉行一次全校性的大義賣，由各系學生捐出物品拍賣。容先生在此次購買公債中所表現的行為和愛國主義精神得到眾口稱讚，容先生卻淡然表示新政府需要大家支援，國家的事需要大家盡力去辦，區區之舉何足掛齒。容先生此舉絕非偶然。他是經歷了日寇入侵，八年離亂之痛之後，廣州在解放僅僅幾個月，目睹了解放軍秋毫無犯，幹部作風清廉，政府在穩定社會治安、平抑物價方面成效顯著，對新政府產生了信任和寄予希望，因此，當校園內對認購公債一片冷漠的情況下，他盡一已之力支持政府發行公債，帶領中文系超額完成認購公債任務。

中文系超額完成認購公債任務，要感謝黎雄才、關山月、商承祚幾位大師和本校的司徒衛先生。嶺南大學位於珠江南岸的郊區，廣州市區在珠江以北，海珠大橋橫跨其間，正常時候學校有校車通過海珠大橋跨越珠江進入廣州市區。國民黨軍隊撤退時為了阻止共軍順利進入廣州市區，炸毀了海珠大橋，從廣州到嶺南大學，只能走水路從廣州市的長堤旁邊乘坐艇家的木艇，由艇家用竹竿來撐渡過海到學校，很不方便。校外的幾位大師欣然接受容先生的邀請，不辭勞苦到學校義賣捐款購債，我想他們也是像容先生那樣經歷了國難之痛之後，又目睹了新中國新氣象，也同樣具有對新政府充滿信心，而欲報效的情懷。

在這次請幾位大師來校義賣捐款購債的過程中，發生了一件令我受寵若驚的事情。黎雄才畫家提出要教我國畫，讓我跟他學畫，我對畫畫素無興趣，這個學期修讀的學分很多，加上又有中文學會、學生總自治會的事情，也沒精力再去學畫。可是大師的厚意卻之不恭，不敢直言婉謝，以致黎先生兩個週的週六週日來校教我作畫，並囑咐我以後到他家學畫。我因為上述原因沒有去。校內的司徒衛先生也提出要教我西洋畫，送給了我一幅他的畫作和一盒顏色，讓我到他家學畫。我去了兩次，以後司徒先生因公出差一個月後才能回來，我便再也沒有去學。我曾不止一次反問自己：兩位畫家為什麼主動地不辭勞苦地教我畫畫？我的答案是：文化藝術延續和承傳需要靠一代又一代的人去長期傳播，一個真正的藝術家他在創作自己作品的同時，也必然很清楚知道自己肩負著傳播藝術的責任。他們可能覺得我是學文學的，具有畫畫的素質，我為使他們失望而內疚。

週末容先生的家，常有中文系的先生做座上客。我有時也去湊熱鬧，常於席間談話中受益匪淺。有一次談起容先生的文物收藏，容先生說他二十多年來用有限的薪水收入節衣縮食，確實收藏了一大批文物。起初是收藏青銅器，以後又收藏書畫。那天展出的青銅器並不都是珍品，而是根據學生欣賞的水準展出各種不同的器物和不同畫家的畫，讓學生增加知識。他細說所收藏的至為珍貴的文物，我都聽不懂。他說當時收藏固然是出於喜愛，更主要的是供學術研究和不使國家這些文物散失和外流。他說我不會就此將這批收藏文物據為己有，這是國家的文物，他將來一定要歸還國家，供世人共賞。不久前我從易新農與夏和順所著的《容庚傳》中得知，容先生果如當時所諾，生前已先後將他一生用心血所購藏的書畫、碑帖、青銅器等物一千多件分別贈送給廣州市博物館、廣州市美術館、廣州市美術學院及廣州師範學院，並將大量圖書資料贈給廣州中山大學。我不禁又為之動容。

容先生作為中文系的系主任，他很重視學生練習寫作，認為這是一條讓學生自覺地多讀書多思考，學習和提高學術研究論文的途徑。因此中文系的幾個同學建議中文系出一個學術刊物，容先生大力支持，不僅做具體的指導，而且捐出在當時看來數目不小的錢以支持刊物的印發。我進學校第一個學期結束後，面臨放暑假，容先生在放假前囑咐我在假期要認真讀書，不要浪費時間，通過認真讀書寫出一篇比較好的論文。我上學的時候，沒有認真練習過寫長篇論文，回家後把容先生的囑咐告訴家父，家父極力贊同。家父在詞學方面造詣頗高，家裡有關詞學的書籍很多，我在高中輟學期間也跟隨家父讀過一些詞書，因此在家父的指導下用了整整一個暑假的時間，寫成了一篇九千餘字的《略談吳夢窗》的文章。（吳夢窗是宋代著名詞人。我當時用了梁美珍的名字。）開學後我把這篇文章面呈容先生，容先生看過之後直接交給中文學會辦的《南國》刊物。文章在一九五〇年元旦出版的《南國》第二期發表。文章得到了中文系師生的普遍稱讚，甚至校外素不相識的人也有來信給予讚揚的。次年放暑假之前，容先生又一次叮囑我利用暑假再讀書寫論文。我這個暑假因為要趕修學分，選修了一門課，學完暑假課之後才能回家，時間已不多，但我還是認真地讀書思考，寫了一篇關於清代詞人朱彊村的文章。這篇文章因為時間短，下的工夫不如前次那麼多，自覺文章的品質不理想，容先生看後交還給我，因為當時中文學會所辦的刊物已經停刊沒處發表。兩次論文習作確實對我在研究思考和論述問題方面很有幫助，所以在其後不久我參軍後便立即承擔文字工作不覺得生疏和困難。當我在文字工作上受到領導讚許的時候，我內心充滿著對容先生當年鼓勵我習作的感恩之情。

嶺南大學的師生們之間關係融洽。我對此有許多美好的記憶。茲舉數例。嶺大中文系學生時而組織篝火會，每次都邀請系裡的老師參加。我擔任中文學生會會長時，也組織了篝火會。容主任和中文系老師與同學們圍著篝火，坐在草地上，做小遊戲，燒烤牛肉、臘腸、山芋，歡聲笑語陣陣。第二天老師回請同學到飯館吃火鍋。

像我這樣的學生也非常淘氣。一天中午，上完容先生的課，我和另外一個女生看到容先生自行車的車胎氣不足。她跟我說：我們拔了容先生自行車的氣門芯，他必須去市場修理充氣，我們順便請他吃飯。我倆真這樣做了，然後躲在一旁。容先生從教室出來後，看到自己的自行車的車胎癟了，不知怎麼回事，左右張望。我們兩個女生笑著走過來，向容先生解釋一番。容先生並不拒絕我們一起到市場修理自行車和去吃飯的建議。於是我們一起去自行車鋪給自行車打氣，之後去一家飯館。容先生不點菜飯，只要了一瓶五加皮酒，讓飯館擺下三個酒杯。這時我們才明白容先生是要用喝酒懲罰我們兩個淘氣的學生。那個女同學害怕了，因為她不會喝酒。我有些酒量，便一個人陪容先生對喝。喝完一瓶，我們又要了一瓶。兩瓶未喝完，二人五內酒力已發作。我回到宿舍，躺在床上，一夜胃疼。第二天我因事去容先生家。我見到容師母，她說，容先生回到家後吐得厲害。我說，我胃疼了一夜。容先生在旁哈哈一笑。

我還回想起在容先生家做客的一段趣事。一個週末，我去容先生家，恰逢中文系的冼得霖講師和程曦助教在座。隨便泛談一番後，程先生說他喜歡我的字，要我寫一幅吳夢窗詞的字給他。我自慚書法功底差，推脫之際，容先生已將硯、墨、羊毫大筆、一張頗大的條幅宣紙，和吳夢窗詞集擺好，勢難辭卻。我從未在宣紙上寫過大字。如果抄寫一首小令在大紙上，字體需大，而筆力不逮。我便選寫了吳夢窗的長調《高陽臺 · 落梅》。其詞曰：

宮粉雕痕，仙雲墮影，無人野水荒灣。古石埋香，金沙鎖骨連環。南樓不恨吹橫笛，恨曉風千里關山。半飄零，庭上黃昏，月冷闌干。

壽陽宮裡愁鸞鏡，問誰調玉髓，暗補香瘢？細雨歸鴻，孤山無限春寒。離魂難倩招清些，夢縞衣解珮溪邊。最愁人，啼鳥晴明，葉底清圓。

我寫畢，程曦先生便依吳夢窗詞原韻賦和，寫下《高陽臺》一首。

暗香深沉，繁枝冷落，夕陽又下江灣。夢裡香魂，分明佩玉鳴環。此生總被癡人誤，願來生散發荒山。最蕭涼，盼到羅浮，望斷河干。

聽歌遣取青鸞使，綠衣捧酒，留得痕瘢。一抹空林，斜月誰慰清寒。嶺南猶寄春歸訊，怕隴長瘦損闌邊。問天涯，萬木低迷，幾樹團圓？

隨後，長於作詩詞的冼得霖先生也立即賦和吳夢窗《高陽臺》詞。其和詞如下。

似雪還輕，將飛更舞，飄零縞袂幽灣。舊日仙姿，月明想像琚環。多情卻恨驚鴻影，倩師雄悵臥空山。嗅餘香，蝶夢應憐，彩筆難干。

蓬萊倘許青鸞使，願求丹換骨，碾玉平瘢。立倦黃昏，風前誰念清寒？綠陰不怨尋芳晚，奈無端吹笛樓邊。更癡懷，瓊樹常新，壁月同圓。

冼先生餘興未了，又賦一闋《高陽臺》詞。

香逐春塵，舞憐醉影，亂愁吹遍江灣。無限情牽，辭枝猶自回環。飄紅豈共桃花薄，帶斜陽恨滿孤山。最銷魂，綵蝶齊飛，上下闌干。

朱顏不駐流霞色，聽歌戲豔曲，心撫痕瘢。碎錦隨風，天涯渺渺春寒。堅盟旦訂重來早，預幾番索笑林邊。算如今，紅雨淒迷，點點輕圓。

我從未置身於如此唱和的場合，正沉浸於欽佩和欣賞之中，三位老師就催促我賦和。我即景即興寫一首小令尚可湊合，賦和長調實在不敢和不能。學生告饒，老師便作罷。

嶺南大學的學風自由。學校的老師大多不在辦公室辦公，他們習慣在自己家裡辦公。容先生就是如此。如果我們有事，去他家裡找他。

3. 論文導師陳寅恪先生和龍榆生先生

陳寅恪先生在嶺南大學先後指導過兩個學生的畢業論文，一個是比我高一年級的李炎全。他在陳先生的指導下完成了《李義山無題詩試釋》，並獲陳先生賜予評語。另一個是我，由陳先生指導我寫有關清代詞人朱彊村的畢業論文，因為我個人的緣故中途而輟。

李炎全祖籍廣東，是美國華僑，中學就讀於國民黨政府駐美機構所辦的一所旨在為國育才的華文中學。該校很著重中文、書法、中國歷史和地理。高中畢業後他在美國一家中文報館工作了兩三年之後，於二戰期間應徵入伍兩年。他是美國的退伍軍人。按照美國政府有關部門核准，嶺南大學作為錄收美國退伍軍人為學生的外國學校之一，退伍軍人在學校的所有學雜費和生活補貼都由美國政府支付。李父希望兒子回中國讀書，於是李炎全遵照其父之意願回國讀大學，考入嶺南大學中文系一年級。他中英文俱佳。由於他比一般學生具有較多的人生閱歷，因此在思考和處理問題上顯得成熟。他決定將李義山詩作為畢業論文的題目之後，通過陳寅恪先生的助手程曦先生，請求陳寅恪作為他畢業論文的導師。陳先生答應了，但提出要求首先必須找到張爾田所著《玉谿生年譜會箋》，如果找不到這本書就不要寫。張爾田是著名的文史專家，他這本著作在研究李義山詩方面有新的見解。程曦助教幫助他找到了這本書，其後，李炎全又得到在文史研究方面頗有造詣的陳寂先生的幫助，贈給他一套其珍藏的刊印於同治年間的朱鶴齡箋注的《李義山詩集》，其中還附錄了幾家對李義山詩的評語，是一套研究李義山詩珍貴難得的古籍。在李炎全已經收集研究了許多有關李義山詩的注釋之後，陳寅恪先生得知他因私事要去香港一段時間，立即讓助教告知他要在香港的圖書館收集有關李義山詩的書籍。僅此一事足見陳先生指導學生治學應持的嚴謹的精神，不但要求學生盡最大努力收集到有關書籍和資料，還要求在最新成果的基礎上進行進一步研究。李炎全在陳先生的指導下完成了其畢業論文《李義山無題詩試釋》，並獲陳先生賜予一段很有價值的評語。

李炎全在完成學業後匆忙返回美國，我對他寫畢業論文的情況當時並不清楚。二〇〇四年他從美國給我寄來他的一本非正式出版的名為《康樂園》的書著。康樂園即嶺南大學康樂村校園，他以傳記文學體裁回憶記述了當年在嶺南大學求學的經歷，其中書及陳先生指導他完成畢業論文的情況。書中在這部分內容的最後，他有這樣一段話，我將原文抄錄於下：

> 畢業論文《李義山無題詩試釋》得陳寅恪導師核可，並賜評語。謹錄於下，以資將來陳寅恪全集之採納。李商隱無題詩自來號稱難解。馮浩張爾田二氏用力至勤。其所詮釋仍不免有謬誤或附會之處。近有某氏專以戀愛詩釋之，尤為武斷。此論文區分義山無題詩為三類。就其可解者解之為第一第二類，不易解者則姑存疑列於第三類，守不知為不知之古訓，甚合治學謹慎之

> 旨。其根據史實駁正某氏之妄說，誠為定論。又於馮張二氏之說亦有所匡補。蓋近年李贊皇家諸墓石出土，馮張二氏大中二年義山巴蜀遊蹤之假設不能成立，萬里風波一詩始有確詁。此關於材料方面今人勝於前人者也。唐代黨爭昔人皆無滿意之解釋。今日治史者以社會階級背景為說，頗具新意。而義山出入李劉，卒遭困阨之故亦得通解，此關於史學方面今人又較勝於古人者也。作者倘據此二點立論，更加推證，其成績當益進於此。又第二類仍有未能確定者，此則為材料所限制，無可如何，惟有俟諸他日之發見耳。一九五〇年六月十五日，陳寅恪。」

陳先生這段評語絕非僅就李炎全一個人的論文而言，他對治學尤其是治史，提出了具有普遍性指導性意義的而且是非常有價值的一段文字。

順便提一下，抗戰期間，一九三〇年代末，我家在香港居住一段時間。陳寅恪先生家也在香港九龍。我與陳先生的大女兒陳流求和她的妹妹就讀九龍塘小學。我和陳流求是小學四年級同班同學。記得她功課很好。我有時看到陳師母接送她們。他們住在太子道，離我家不遠。那時我的名字是「林思」。但是在嶺南大學讀書時，我並沒有對陳先生和陳師母提到這些。

一九五〇年秋季開學，按照嶺南大學的學分制我已是四年級了，容先生重視努力寫好論文的教誨時常記於心中，當時考慮到所擔任的學生總治會文化委員的任務有越來越多的趨勢，可能身不由己，需要及早安排畢業論文。我在暑期曾下過一點極其粗淺的功夫研究朱彊村詞，我對這位被譽為集千年詞學之大成的朱彊村詞學，仍然有著想繼續做深一步學習研究的願望，於是決定畢業論文仍以此為題目。我素仰陳寅恪先生之學，並知道概述朱彊村先生生平及業績的朱彊村先生的墓誌銘乃出自陳寅恪先生之父陳三立先生之手，便想請陳先生做畢業論文導師。我請陳先生的助手程曦助教代為轉告陳先生，獲允之後我將畢業論文大綱呈交陳先生。數日後，程曦助教告訴我，陳先生說他不大懂詞，不過陳朱兩家為世交，對朱先生的生平事略倒是比較清楚，要介紹我和龍榆生先生通信，讓我以後寫論文有不懂和疑難的問題可直接去信向龍先生請教。我聽了以後既感激又興奮。陳先生不僅俯允親自為我指導論文，還以他的名義請龍榆生先生指導我，何其幸也！龍先生不僅是與夏承燾、唐圭璋三人齊名，同為二十世紀最負盛名的詞學大師，更是朱氏詞學的嫡派傳人。朱彊村臨終前將其平生所用校詞之雙硯及詞著（包括所校詞及本人詞作）盡授與龍先生，並諄諄叮囑：「吾未竟之業，子其為我了之。」龍先生當時在上海，我不知道陳先生介紹我給龍先生的情況。

兩年多前，家人看到有學者將新發現的陳寅恪先生的書信公諸於世，其中就有陳先生當年為我畢業論文之事致龍先生的信。原信如下：

榆生先生左右：

屢從冼玉清教授處得承近狀，慰甚念甚。嶺南大學文史之課，聽講者寥寥，想此種學問行將掃地盡矣。茲有懇者，嶺大國文系女學生林縵華近欲作一論文研究朱彊村先生之學，弟於朱先生之學毫無所窺見，不敢妄談以誤後生。然當今之世，舍先生外亦無他人能深知者。故不揣冒昧，特為介紹，並附呈其所擬作論文目錄一紙，即求教正。若能詳加批示，尤所感幸。林生以後有所求教之處，似可由其逕函左右請益。想先生誨人不倦，且關涉朱先生，必不吝賜教也。令郎廈材想仍在清華肄業。耑此奉懇。

敬叩

吟安！

弟寅恪敬啟

九月二十九日

附論文題目一紙、舊作一首錄呈教正。

當我讀到信中「嶺南大學文史之課，聽講者寥寥，想此種學問行將掃地盡矣」和「弟於朱先生之學毫無所窺見，不敢妄談以誤後生。然當今之世，舍先生外亦無他人能深知者。故不揣冒昧，特為介紹」的話的時候，對陳先生流露出來的嚴守師道之古訓的崇高精神和品德深有所感。《禮記·學記》說：「凡學之道，嚴師為難。師嚴，然後道尊；道尊，然後民知敬學。」東漢鄭玄注：「嚴，尊敬也。尊師重道焉。」對於師道尊嚴應該理解為既是對學生尊師重道的要求，只有尊師才懂得重道，才知道敬學，同時也是對為師長自尊重道的要求。這是中華民族優秀文化的一個內容。陳寅恪先生又進一步把它視為抽象理想最高境界的一個內容，他在《王觀堂先生輓詞並序》中說：「吾中國文化之定義，具於《白虎通》三綱六紀之說，其意義為抽象理想最高之境。」師長有尊是六紀之一。陳先生以為師之道嚴格律己，力求達到理想中之最高境界。

嶺南大學中文和歷史兩系都是小系，歷來就讀者很少。當時聽陳先生課的學生多不超過十人，少則三幾人。聽說歷史系後來還有過只有一個學生聽課的情況。面對聽講者寥寥，預感到他所研究和所傳播的中華民族優秀文化已不被世人重視，繼承和發揚為艱，即使如此，仍一絲不苟堅守為師之道，以傳播中華民族優秀文化為己任。陳先生當時已雙目失明，學生到他家上課，不管聽課學生多少，即使是自己非常熟悉的內容，他仍然每次講課前都認真備課。他講課時身旁有一塊小黑板，事先讓助教詳細知道他所講的內容，讓助教在他講到有關一些人名、書名和要引證的語句時，同時寫在黑板上。中文系聽過陳先生講授的白居易詩和元稹詩的課的學生都共同感受到以史證詩，詩史互證，對所講詩涉及的時代背景和所講詩意的個人獨特見解都可謂字字句句有據，絕無浮泛之詞。以陳先生學問之淵博和朱陳兩家世交，絕非對「朱先生之學毫無所窺見」，卻如此自謙，足見先生治學之嚴，而視「妄談以誤後生」為師者之大忌。陳先生是以極高之標準自律，嚴守師道。為了使所指導的學生在其論文得到最好的指導，而不揣冒昧，致信請在該學術領域最深知者幫助指導。領會到陳先生把師道有尊作為理想最高境界之一，便能更深刻地體會到日後陳先生以免「貽誤學生」為由而憤然離開教席後內心之痛楚。

我寫好了畢業論文的第一章便請程曦助教轉呈陳先生，陳先生閱後做了一點批示便轉寄給龍先生。不久我先後收到龍先生寄給我兩本他的書著和一封信。寄給我的兩本書，一本是一九三一年出版的《風雨龍吟室叢稿》，一本是一九四八年出版的詞作《忍寒詞》。《風雨龍吟室叢稿》中有一篇他當年對清代詞人的論述，我領會他是用他的這篇文章指導我評述清代詞壇。所寄《忍寒詞》有他的筆跡和印章，上書「縵華女士正之，沐勳寄贈」，然後蓋著「籜公」的印章，下寫「庚寅暮秋寄自上海」。「籜公」是龍先生四十歲以後所用的另一署名。寄來之信中對我的論文第一章初稿甚為稱讚，但未見修改意見和我的文稿。他還問我有無詞作，可以把詞作寄給他看看。數日之後，程曦助教交來陳先生和龍先生批改後的文稿，龍先生是先將他對我論文的修改寄給陳先生看後，再由陳先生交給我，這是對陳先生的一種尊重。陳先生只在文稿末頁提了這樣一條常識性的意見：「此文中述及清代諸詞人，正文中用字將其名置於括弧內」，批示應是出於陳師母唐篔代筆。龍先生的批語至為精細，大至對某朝代詞壇評述之欠妥，小至文言虛詞使用不當、錯別字、筆誤均一一匡正。在一千多字的文稿中修改之翰墨竟多達二十處。龍先生的兩本贈書和有兩位大師批改的文稿，兩年前竟意外發現在父母的香港舊居中，保存完好。我與龍先生素不相識，遙隔兩地。因陳先生致信相託，龍先生對我論文指導之熱情、周詳、嚴細，使我感動之余，更領會到師者之德。

一九五〇年九月間，廣東省教育廳做出決定，要加強高等院校的政治學習，提到廣州毗鄰香港和澳門，受帝國主義政治、經濟、文化侵略的影響很深，所以要加強政治課，還要幫助學生克服資產階級、小資產階級思想。嶺南大學據此對學校課程的安排做了相應的改變，規定每個學生都要學新民主主義的政治課，採取請校外人士來集中講課然後分組討論的方法，還邀請中山大學思想改造好的典型學生來校做報告。不止一次請校外文工團來校做配合思想教育的文藝表演。校內也排練這方面的話劇，我是學生總治會的文化委員，當然必須參加，不過在這段時間我還能抽出時間修改論文第一章，開始考慮論文的第二章，但是這期間政局出現了重大的變化。朝鮮南北分裂，美國宣稱支持南朝鮮，進而出兵參戰，侵略戰爭很快推進到毗鄰我國東北境的地方，戰火有燃及我國的危險。北朝鮮政府請求我國出兵幫助擊退侵略，於是我國很快組成志願軍赴朝參戰。一時舉國上下立即掀起了「抗美援朝保家衛國」的熱潮，普遍積極開展各種不同形式的抗美援朝活動。

嶺南大學和美國基督教會有深厚的歷史淵源，一直保持著密切的關係，而且辦學秉承基督教義。學校設有神學院，還有嶺南基督教青年會，基督教青年會的活動相當活躍，所組織的團契的家的活動參加者有二百名基督教徒和非基督教徒學生共三百多人，佔全校總人數超過四分之一，因此開展抗美援朝的宣傳教育的任務更顯繁重。學校連續開了兩天控訴美帝國主義罪行大會，來校任教的美國教師也被作為批判對象。學生教師發言控訴，嶺南大學所在地康樂村的村民也來參加控訴美帝分子當年建校園時侵佔農民土地的罪行。到了一九五〇年十二月初，學校完全停課兩週，進行土地改革的宣傳，並動員青年學生響應「抗美援朝保家衛國」的號召，報名參加軍事幹部學校。這時廣州市召開了全市基督教學校的學生代表大會，嶺南大學派出幾十人參加，我被委任為大會的書記。所謂書記就是記錄和整理發言材料，會上先後有將近三十人進行了控訴美帝國主義罪行的發言，這些發言深深震動了我。

我曾經在英國和葡萄牙統治下的香港和澳門感受過那種殖民地半殖民地的生活；我也在廣州目睹和親自經歷過在日本侵略者鐵蹄統治下的痛苦；我也在上海領略過十里洋場和公園門口掛著「華人與狗不准入內」的牌子的屈辱；我絕不能讓欣欣向榮的祖國再受欺凌和侵略。我的愛國熱情一下迸發起來，展開了激烈的思想鬥爭，是繼續留校在兩位導師的指導下完成畢業論文和大學學業，還是響應祖國的號召投筆從戎制止美帝國主義侵略的企圖，何去何從？我終於在截止報名那一天的下午報了名參加軍事幹部學校。

嶺南大學當時學生總數大約一千多一些，報名參軍的同學據統計有三百四十人，前後被批准的有七十五人。學校先是通知我被批准和十七位同學一起先到新疆學習俄文，然後赴朝鮮為蘇聯專家當翻譯，大約十幾天後出發。隔了兩三天又通知我，因為西北軍區需要一個懂普通話和有文字能力的學生，決定讓我和另一個同學到位於甘肅的西北軍區，三日後出發。突如其來的這個決定使我措手不及，只有三天的時間我需要趕緊分別寫信給我在香港的父母、給我在美國的弟弟和在北京的哥哥，告知他們我參軍的消息，需要到廣州市和我的外祖母告別，留給她一筆生活費用。我在嶺南學習期間，母親給外祖母的生活費都經由我交給外祖母。我一大堆學習書籍資料和學習用品以及我不能帶走的衣物蚊帳和床上用品都需要處理。中文系的師生要安排歡送活動，非本系的同學也要安排和我話別，我忙得不可開交。我缺乏足夠的禦寒衣服，我需要趕緊到廣州市購買棉花和布料，央求裁縫鋪趕製小棉襖。但是因為時間緊，裁縫鋪拒絕縫製。中文系的王季子教授得知此事後，讓他的夫人給我縫製。年過半百的王師母日夜趕製，一針一線，及時為我縫製了冬裝。每當我想到此事，都感激不已。

一九五一年一月，還差一個學期大學畢業，因為戰爭的需要，我離開嶺南大學，奔赴位於蘭州的西北軍區，參加中國人民解放軍。那時，我二十一歲。此後，我一直生活在中國北方（蘭州、西安、北京），二三十年沒有機會回到生我養我的廣州和香港，再也沒有見到我的父親。

當時在我一片忙亂之中，程曦助教曾經提醒我，是否要親自去告知陳先生，並寫信給龍先生，告知我參軍之事。我當時腦子一片煩亂，本能的反應是兩位導師如此厚愛於我，我怎麼好跟他們說參軍比寫論文重要？我難於啟齒，乾脆就讓兩位導師認為我是一個不懂事的人，不堪造就之才，請程曦助教代我轉告。我當時沒有意識到這是對兩位導師極不尊重的行為，這一草率和錯誤的決定令我日後付出了代價，幾十年來我每每憶及此事，都深感內疚和負罪。聽說陳先生此後再沒有指導學生畢業論文，我不知其原委，但我相信一定與我有關。我這一不尊重師長之舉，一定給嚴守師道的陳先生造成傷害。我又聽說在一九五八年的政治運動中，中山大學的學生給陳先生寫大字報，批判陳先生之學是「偽科學」，斥辱陳先生教學「貽誤青年」，陳先生憤然向學校當局提出堅決不再開課，以免「貽誤青年」，從此永遠離開講壇。陳先生自一九二六年執教清華校園，至一九五八年的三十二年中用自己的心血竭盡為師之責，為學生「傳道、授業、解惑」，為挖掘、弘揚和傳播中華優秀文化獻身，卻不得已做了永離教席之選擇。

陳先生一九六四年在《贈蔣秉南序》一文中有這樣一段話：「至若追蹤昔賢，幽居疏屬之南，汾水之曲，守先哲之遺范，託末契於後生者，則有如方丈蓬萊，渺不可即，徒寄之夢寐，存乎遐想而已。嗚呼！此豈寅恪少時所自待及異日他人所望於寅恪者哉？」隋朝王通曾在山西汾河流域之地效法孔子講學傳經授徒，唐朝名相房玄齡、魏徵以及多位名儒均出其門下，陳先生也欲效之，弘揚傳播中華文化和為國家培養人才。此志已不可繼續實現，只能寄託於夢想。痛哉，陳先生！非為一己之痛，乃中華優秀文化弘揚之痛。

我想起季羨林先生《陳寅恪先生的愛國主義》一文中對

愛國主義的闡述，他說：「愛國主義有兩個層次：一般的層次是我愛我的國家，不允許別人侵略；更高層次的則是陳先生式的愛國」，即愛自己國家的文化。陳寅恪先生如此，容庚先生如此，吳玉如先生也如此。我師從這三位大師的時間很短，對大師們的學問和品德知之極少，我上述憶述的都是零星點滴的小事，這些小事令人能從各方面感受到大師們熱愛祖國文化的高尚愛國主義精神。

恩師已逝，師恩永誌。

（本文刪節版載《文匯學人》第 211 期，2015 年 8 月 28 日，星期五。）

林孟熹生平紀事

（懷念林孟熹）

林孟熹1928年出生於廣州市，祖籍廣東省番禺縣五鳳村。祖父林仲昇為清朝兩廣鹽運使，因在經濟上有功於朝廷授封一品榮祿大夫。晚年興辦廣生行化妝品工業公司。父親林汝珩畢業於廣州嶺南大學後留學美國哥倫比亞大學。早年從政，傾力於辦教育，飲譽黎庶。後移居香港，經營工商業，創建大隆建築公司，在港首倡興建新式高尚住宅。擅詞學，工倚聲，與香港詞壇名流建立著名詞社 —— 堅社，著有《碧城樂府》。母親吳堅，祖籍廣東省佛山市，畢業於廣州著名之執信女子中學。

1934年開始入學。先後在上海、南京、香港讀小學一至六年級。自幼好勇喜武，在上海嶺南小學一年級時課餘得趙師傅傳授武功。五六年級時喜讀《東周列國志》、《三國演義》、《封神榜》及其他章回歷史俠義小說。

1940年上中學。初中先後就讀於廣州市廣東省立第一中學、廣東大學附屬中學。初一時全校演講比賽第一名、全省學生運動會短跑項目冠軍。因運動受傷延名中醫、名拳師林蔭堂治療，康復後獲傳授拳法。暑假蒙國學名師胡伯孝教授經史精華，受益良多。課堂上復得康有為之弟子謝菊莊老師教國文課。課外閱讀漸轉向哲學、文學和文學評論，對辯證唯物論哲學尤感興趣。

1943年讀高中，繼續就讀於廣東大學附屬中學。甫入高中一年級即被選任學生自治會主席。校內辯論、演講比賽均獲首名，主演田漢之獨幕話劇《湖上的悲劇》，盡展才華。課餘又蒙百粵名拳師陳年柏傳授蔡李佛拳。在學校良師指導下，視野拓展。廣讀哲學、政治、文學名著，如李石岑、梁漱溟之哲學著作，梁啟超之《先秦政治思想史》，林語堂之《生活的藝術》等，並開始接觸蘇聯文學作品及介紹中國共產黨的書籍。其間對佛理有所探求，常引述戊戌六君子之評語「明佛理，輕生死」。高中三年級轉學澳門嶺南中學，後赴香港再北上上海。高中期間正值第二次世界大戰和抗日戰爭結束之前後數年，時勢、政局處於劇變之中，親歷抗戰、內亂之時艱，目睹國民黨政府之腐敗與無能，矚目第二次世界大戰後之風雲變化，對政治產生極大興趣，報考上海大同大學政治系。

1946 年在大同大學一年級時，受業於著名英文教授葛傳槼門下，英文成績列居全班之冠。關注國內外時政，常閱覽政論刊物，諸如儲安平主辦之《觀察》、張君勱主辦之《再生》、梁實秋主辦之《世紀評論》、鍾天心主辦之《民主世界》等期刊。1947 年夏決心轉學北平，插班考入燕京大學二年級，以優異考績獲免修大學二年級中、英文課。

1947 年入讀燕京大學政治系二年級，主修國際法，學制五年。入校後即投身愛國學生運動。擔任政治系學生會主席、燕京生活社社長、全校壁報聯合會主席。1950 年為中共候補黨員，1951 年遭不公正對待，被取消候補資格。學業出眾，係該系高材生，甚為系主任陳芳芝教授賞識，曾屬意培養其為衣缽傳人。陳素重學生學業成績，所授之國際公法被認為難度極高之課程。林入校次年選修此課，當時因擔任校學生會代表、系學生會主席等眾多職務，無暇多顧學業，為了讀好此課，常在宿舍熄燈後自點油燈夜讀，多次累極伏案而眠。校醫曾誤診林患肺病。陳得悉後，將門匙交林，囑林到其辦公室夜讀。林不負師望，成績優異。畢業前陳盼林留校深造，協同辦好政治系，誠師恩深重。另一位令林深受啟迪之師長為五年級時講授「國際法與國際審判」之外交部國際顧問梅汝璈教授。開設此課國內僅梅一人，國外亦鮮見。授課剖述及二次世界大戰後日本東京國際軍事法庭審判日戰犯土肥原之內幕。當時十一個國家之參審法官對量刑意見相左，勢難通過我必繩之以死刑之主張。梅為我國參審法官，乃依法據理力爭，終使獲判死刑。何以會出現對罪惡如此昭著之戰犯主輕判，梅指出主要乃美國一直欲扶持日本軍國主義遏制蘇聯而對審判施影響之故。林以為先生此精闢之見，後人研探無有出其右者。而對先生「如果不判土肥原死刑，無面目回國見江東父老」之言印象至深。尤令林歎服者為梅授課時已論及人權與主權之關係，謂：「五十多年前就想到這個問題是多麼了不起！」梅對林之好學敏思亦甚嘉許。多位名師之授業為林以後研究國際關係打下良好基礎。林不僅人緣甚佳，且樂於助人，得悉同學家境窘困面臨輟學，即節衣縮食資助其完成學業，親戚子女染病，經濟拮据，便賣掉自行車以接濟。四年燕京求學雖僅人生之瞬間，但「因真理得自由以服務」之校訓深銘於心，且於日後曲折之生涯中身體力行，晚年猶有「帳訓求真銘記今」之詩句。

1951 年大學畢業。分配在中共中央宣傳部，參與刊物編輯等工作。

1953 年與同校同學錢敏齊結婚。

1954 年調入《中蘇友好報》任編輯，為政治組副組長。業餘研究中日關係，撰文《論日本經濟對外貿易的正當出路》，刊於《光明日報》。以其灼見，引起日方很大關注。

1956 年底調外交部國際關係研究所任助理研究員。本職工作之餘為《光明日報》、《世界知識》等多家報刊撰寫國際評論。曾提出中東地區為未來爭奪之地之見。1957 年因在整風運動「鳴放」會上發言主張健全法制等，於 11 月被劃為「右派分子」。林不服處分，掛冠而去，遂被開除公職。年底與前妻錢敏齊赴滬。

1958 年居滬期間參加多種學習班，包括無線電及馬達修理等。其間曾回闊別 15 年之故鄉廣州，感懷今昔，「昨日京旅似夢中，雪壓城樓，怒沙捲朔風」。11 月得悉父在港病危，與前妻錢敏齊同申請赴港。錢戶口在滬獲批准。林需回北京戶口所在地辦理。林因系「右派」並已被開除公職，回京後即被公安局扣留。12 月解往公安局所轄玉泉山搬運大隊當裝卸工。實行強制勞動，從事超重體力勞動，有時需扛負 400 斤重物。幸賴少時習武，尚堪支撐。

1959 年 2 月接父病故噩耗，前妻錢敏齊赴港奔喪，一去不返，年底離婚。

1961 年 7 月被派往修挖京密運河引水渠，時值北京連續降雨，緊急調動軍隊、民工及勞改與准勞改系統之青壯年修堤搶險防洪。一民工失足落水，林奮不顧身躍入激流搶救，受防汛指揮部通報表揚，稱讚林發揚共產主義風格捨己救人。9 月與搬運隊裝卸工程秀華結婚。程係北京師範大學俄語系學生，因在日記中流露對反右運動的批判會不滿被揭發而遭開除學籍，送往天堂河農場勞動教養。後調玉泉山搬運大隊，遂與林結識，二人相知相愛乃結連理。10 月因勇救落水民工等獲摘掉「右派」帽。其時在港母親多方奔走，請求將林調往自己祖籍廣東省佛山市。

1962 年 1 月偕妻子往佛山市。4 月調佛山市華僑旅行服務社任副經理。妻懷孕後於 12 月赴港待產，年底長子誕生，名衛烈，乃取捍衛先烈熱血換來之成果之意。妻數月後返回佛山，兒子留居香港。

1964 年 5 月任佛山市第四中學副校長。9 月次子震風出生。翌年調佛山市第二輕工業局技術研究室工作。

1966 年 4 月母親病逝，悲痛不已。愧念 1957 年落難以來累母焦慮，不僅設法給予金錢及物質支持，更為其摘「右派」帽而多方奔走，在港長子亦全賴照料，自己既未能侍奉湯藥於病榻旁，又不能親赴奔喪以盡孝，誠畢生之大憾。未久，「文化大革命」開始，7 月被抄家並拘禁於第二輕工業局至 10 月底，後遣往蚊香廠當鍋爐工，監督勞動。

1970 年廣東發生有人以多國文字往國外發信揭露「四人幫」惡行之特大案件，因林會多國文字兼有海外關係被誤定為主要嫌疑犯，4 月再次遭抄家，監禁於蚊香廠至次年 1 月底釋放回家。

1972 年女兒笑天出生。

1973 年任職於佛山市彩色印刷廠。為適應工作需要，自學與彩印有關之化學、美術知識，說明工廠從德國引進先進機械設備。在印刷工藝美術畫片之業務往來中，結識了莊稼、曾良等石灣陶瓷製作名家及韓美林、黃胄、關山月等著名國畫家，對陶瓷及國畫產生濃厚興趣。

在佛山期間得知名廚師何師傅家住蚊香廠附近，乃屢屢登門求教廚藝，並常請回家示範授技。自此烹技長進。其後除粵菜外興趣旁及其他菜系。移居海外後，常親自下廚精烹幾道好菜款待親友。

1978 年底在申請赴港料理母親身後遺留事務多年之後，獲准赴港。自 1957 年以來屢遭政治橫禍，幾近滅頂，與死刑犯同押刑場之「陪法場」亦曾經歷。困厄之中以于謙詩句「粉身碎骨全不惜，要留清白在人間」以自許，常對人言：「我要證明我是愛國的。」但在生於斯亦曾長於斯的這片土地難展心跡，於是懷著複雜的心情攜家赴港。行至深圳羅湖橋頭，百感交集，賦詩述懷：

殘葉奈何辭故枝，橋頭舉步複棲遲。
多情故里喜重見，無功老驥枉驅馳。
卅載功罪憑君說，一片冰心難我移。
神州何日奔萬馬，願化飛塵伴征衣。

1978 年 12 月 30 日全家抵港。

1979 年春，接外交部通知赴京辦理平反手續。中共國際問題研究所（原國際關係研究所）黨組於 1 月 25 日作出決定，確認林被劃為「右派」屬錯劃，應予改正。撤銷林孟熹為「右派分子」的結論及開除公職之決定，恢復其政治名譽，恢復公職和原行政級別。林接受對「右派」問題之平反，但拒絕恢復公職和原行政級別。

林到港不久即投身工商界，其時中國對外開放剛起步，林得表兄高昭年之助，共同與陳漢坤等友人合作率先回國投資，興辦多個中外合資項目。

1979 年以寶江建築公司名義在廣州興建東湖新村住宅樓群。此為我國第一個中外合資民用建築項目，又為我國首次向國外發售之房地產物業。其時「文革」雖已結束，但十年動亂記憶猶新，人心疑慮重重，乃由中國銀行參考國際上不穩定地區之經驗開設「政治風險」保險。消除投資者及購買者之疑慮。數日之內樓宇預售一空。東湖新村一、二期分別於 1982 年和 1983 年建成。

1982 年組建常佳公司，在深圳開辦遠東大理石廠，從意大利為我國引進第一條大理石工廠化生產線，該廠為當時全國規模最大之大理石開採及加工綜合工廠，被中國政府評為廣東省十大優秀合資企業。

1983 年寶江公司又與《大公報》合作在深圳羅湖商業區興建興業大廈，該樓為 19 層之商住兩用大廈，是當地首座商品樓。

1983 年因機緣巧合在美國結識年長於他 28 歲的傅涇波學長。日後成為傅以遺願相託之忘年知己。

1985 年 7 月應傅涇波之邀赴美國華盛頓相聚。傅係司徒雷登之學生、顧問和畢生摯友，司徒雷登係燕京大學校長，1946 年 7 月任美國駐華大使。在傅家聚談 10 日中，傅披露了他與司徒的關係及司徒在政壇中一些鮮為人知之往事。尤其述及這樣一段外交秘史：司徒於 1949 年不僅曾公開主張美國承認中共，且在南京解放後，擬以回燕京大學度生辰為名前往北京謀求中美修好，已獲中共高層同意，但為杜魯門否決。傅希望林能將此段歷史整理出來告知世人。還出示司徒雷登之遺囑於林，遺囑稱希望有一日其骨灰能安葬於燕京大學校園內，指令其學生及畢生摯友傅涇波完成此任務。傅囑林返港後代擬致鄧小平懇請同意司徒雷登骨灰回葬燕園之信函。其後二人書信往來不斷，林又多次往美晤傅。

1986 年 6 月，居港 7 年餘之後舉家移民加拿大多倫多。遭遇長達 20 年之久之艱苦與摧殘而無怨無悔，仍以赤子之心在香港率先回國投資，創造多個中外合資的「第一」之業績，林對此曾賦詩自嘲曰：「昔曾書劍領騷風，今棄儒冠拜臭銅。」蓋商場競逐非其夙願。近耳順之年去國懷鄉，慨歎「家山望斷古來悲，歸燕年年王謝思」，益增盡己之力以餘生報效祖國及母校之志。

摒離繁華競逐之香港，移居自然風光怡人之加國，為償妻曾長期經受精神與物質之苦，驅遣其因當年困厄仍存於心中之陰影，於幽靜宅區置豪宅、購名車以供頤養天年。但「不以物喜，不以己悲，居廟堂之高則憂其民，處江湖之遠則憂其君」，及「先天下之憂而憂，後天下之樂而樂」之古訓，未敢忘懷，而奉為圭臬。後復央書法家工楷書范文正公《岳陽樓記》全文掛於出入必經之門堂之壁以自策勉。

為實現報效祖國與母校之夙願，居加二十年，幾近年年奔走加、港、京等地，甚至一年往返三四次，不遺餘力開展眾多活動。

1991 年被確診患甲狀腺癌，手術切除後接受放療。從此疾病纏身。最後三年，年年放療，苦不堪言。然銳志未稍減。

1996 年妻於長期肝病後，1 月在旅京期間肝腎衰竭病逝。葬於北京回民公墓。曾長期患難與共，亦一度於屈辱中獨力苦撐全家之妻，正期於安適之境白頭偕老共度餘年，卻遽然長逝，人天永隔。林悲傷欲絕，蓄髮須以悼。並將妻生前保存剪下之長髮置於枕旁廝守。曾登五臺山塔院寺十日，求渡苦海，漸萌不歸之念。方丈謂其：塵緣未了，凡心猶在，何如早日下山償卻宿孽。一語點破癡迷。以「緣盡空遺山寺淚，眾生哀樂尚情牽」之詩句抒發於一己傷痛中對國家民族、對黎民大眾之牽念。故以一介去國草民，不辭年邁及備受重病、喪妻而身心重創之軀，二十年間往返海內外單程計不下百餘次，行程逾 80 萬公里，於人生之最後歷程，留下如下蹤跡：

抵加不久諸事尚未安頓停當，即翻閱資料，寫就《司徒雷登與中國》一文刊於香港《九十年代》期刊 1987 年第一期。並往安省著名之約克大學進修經濟課程。

1987 年應約克大學經濟系之邀，於 1987 年兩次講授有關中國改革開放政策、投資中國有關法律問題及與中國貿易之關鍵等。復針對時議撰寫《中蘇「蜜月」會否再現》刊於《九十年代》1987 年五月號。

為澄清司徒雷登任美駐華大使期間之往事，還歷史以真貌，使司徒之大使生涯得以公正評價。1986 年，前後十餘年，經過對史料之艱苦搜集、考究，從寫期刊短文到自印小冊直至成書公開發行，所著之《司徒雷登與中國政局》備受海內外好評。

受傅涇波託，承諾幫助實現司徒雷登將骨灰回葬燕園之遺願。於傅生前頻繁往美晤面商議辦理，於傅逝後為此事致函美國克林頓總統及中國李瑞環政協主席，因形格勢禁，尚難實現。每念及未完成所託，輒汗顏不已。

與校友陳鴿自 1990 年以來，共同在北京、四川、雲南、福建等地開展中美之間之科技、教育、文化交流，並在四川貧困地區進行卓有成效之醫療、生產扶貧。

關心中華傳統武術在加國之傳承與弘揚，1993 年得悉武林長期處於各據山頭之狀，乃多方撮合，使分散、對立之團體實現大聯合，成為國際武術聯合會成員，歷次國際比賽成績驕人。林為加拿大安省中國武術總會名譽會長，被加拿大武術團體聯合總會聘為特別顧問，並於 2002 年、2004 年先後被授予武術家終身成就獎及武術家最高榮譽獎。

為推動中國文化藝術在加國之傳播，1995 年與友人籌組「安省藝術學院中華文化委員會」，林為共同主席。經年餘努力，並自籌資金，終獲於著名之國立安省藝術學院開設中國畫班。開中國美術進入西方主流美術學院並計學分之先河。

作為燕大學子，深感母校辦學之成功，晚年心願之一為發揚燕京精神及優良傳統，總結其辦學理念與經驗，供今之教育借鑒。除在《司徒雷登與中國政局》一書之前言中大篇幅述及燕京大學在辦學史上創造之奇跡及特殊貢獻外，又促進於 1996 年在美國舉辦有我國、美國及我國港、澳、臺地區學者參加之「燕京經驗與中國高等教育」之學術討論會。並在推動校友會工作、幫助籌建燕京研究院、復刊《燕京學報》等付出人量心力。

恩師陳芳芝 1985 年後居港療養。林與校友李光霖、李鴻舉合力為恩師出版《東北史探討》文集，於師彌留期間將甫及出版之文集奉師手中。並遵師遺命於 1996 年將骨灰撒於長城以北，以永守祖國北疆。

趙紫宸為迄今在國際上最具影響力之中國神學家，亦係全面、系統提出基督教中國化之先行者。燕京研究院 1999 年決定出版《趙紫宸文集》以來，林出謀劃策，聯繫溝通，乃至籌措資金，竭盡全力，直至去世。

旅美校友黃光普伉儷捐贈 50 萬美元為燕京神學院興建禮拜堂。林受捐贈人委託負責實施，與盧念高校友共同完成所託。禮拜堂於 2004 年 9 月落成。

燕京校友會於 2004 年在燕園舉辦紀念傅涇波先生座談會。林不僅發言盛讚傅之一生，並將經搜集、整理撰寫而成之《傅涇波生平紀年》印發與會者。

基督教在美有廣泛民眾基礎，加強中美兩國教徒之友好往來，有利於增進中美兩國人民、國家之瞭解與友誼。林為美國基督教徒對華友好促進委員會之發起人之一兼協調代表，進行有關工作。該會之代表團 1999 年應中國文化交流中心之邀，訪問中國五大城市。

林先後擔任近 10 個國際非牟利組織之法律顧問。

林早年在書畫之收藏與鑒賞曾受一代宗師葉恭綽之指點與影響，後又結識眾多名畫家，故於書畫鑒賞頗具修養，藏有古今書畫數百幅，閒時以欣賞書畫自娛。1996 年被選為我國「中國文物協會」理事。

2006 年 1 月 16 日自北京返加不數日突發心臟血管破裂，搶救無效，與世長辭。病發前夕尚與校友通話關心未完成之諸事。

2006 年 1 月 21 日中國致公黨中央委員會聯絡部致唁電。

2006 年 1 月 22 日舉行葬禮。中國駐多倫多總領事陳小玲率副總領事李正明、領事祝笛參加，並致悼詞，稱林為愛國僑領，讚揚林之功績。

2006 年 2 月 16 日燕京大學北京校友會在燕園臨湖軒為林舉行追思會。

（本文原載《懷念林孟熹》，香港：凌天出版社。）

略談吳夢窗

（一）

今年我考入學試之時，有一條題目問「吳夢窗」的名字為何，我竟然答不出來，吳文英三字好像在口唇邊而又吞回去似的。回想我平日愛讀《夢窗詞》，而此際竟不能道覺翁的姓字，豈不可笑。由此可見我是多麼的愚笨而善忘！考試以後，開學之前，我發憤撿出《彊邨叢書》的《夢窗詞》來讀幾遍，並搜集各家評論夢窗的作品，輯錄成篇。適值國文學會《南國》刊物徵稿，因此我即以「談吳夢窗」為題，或者可以說是作為彌補我考試時的遺憾罷！

吳文英字君特，號夢窗，又號覺翁，浙江鄞縣人。據胡適先生的考證：「他的詞中只有端平丙申（一二三六年）到淳祐辛亥（一二五一年），這十幾年是有年代可考的。他有『壽秋壑』的詞不少。秋壑是賈似道，大概他尚及見賈似道的盛時。死時約當景定元年（一二六〇年）。」他平生的事蹟，略見於杜刻《夢窗詞》劉毓崧序。而近年粵人楊鐵夫曾作洋洋萬言的《吳夢窗事蹟考略》，楊氏曾為此事足跡遍江南，採訪引證。謂夢窗「卒於德祐二年（一二七六年）之後」，恐不足據。夢窗本姓翁，與翁元龍為親伯仲，而後出於外家，乃改姓吳。少年不得志於場屋。紹定中（約三十餘歲）入蘇州倉幕。淳祐時受知於丞相吳潛，常往來蘇杭間，與史宅之、趙與芮、賈似道有交誼。晚年愛妾潛逃，覺翁失意，作品特多，憔悴行吟，鬱鬱而卒。

夢窗之詞，在南宋時代，已自成一家，頗為時流所推重。沈義父著《樂府指迷》嘗稱：「癸卯（一二四三年）識夢窗，暇日相與倡酬，率多填詞。因講論作詞之法，然後知詞之作難於詩。蓋音律欲其協，不協則成長短之詩。下字欲其雅，不雅則近乎纏令之體。用字不可太露，露則直突而無深長之味。發意不可太高，太高則狂怪而失柔婉之意。思此則知所以為難。」又云：「夢窗深得清真之妙，其失在用事下語太晦處，人不可曉。」尹煥作序云：「求詞於吾宋，前有清真，後有夢窗。此非煥之言，天下之公言也。」這是極恭維的說話。但張炎（《詞源》下六）云：「吳夢窗詞，如七寶樓臺，眩人眼目，碎拆下來，不成片段。」那就毀譽參半了。大抵夢窗在宋時，不失為上流作家之一，但聲名卻非很大。但誰知六百年後，到了今日，而大行其道。近年詞壇上，彷彿說詞者非稱夢窗不足以見其時髦；作詞者非標榜夢窗不足以示其正鵠。朱祖謀論文廷式詞中有「非關詞派有西江」之語。門戶之見，於此可知。正如楊鐵夫（《事續考略》七）所云：「至六百年後而大發其光，人之顯悔，自有時哉！」

說到《夢窗詞》之所以忽然在近代大行其道，探本追源，不能不從庚子之變說起。然則庚子之變，與吳夢窗有什麼關係呢？話說庚子八國聯軍入京，皇太后、皇帝和一班文武重臣，倉皇辭廟，逃之夭夭，只剩下來一班窮翰林。他們沒有資格隨從西狩，只有逼得留在北京。在困苦無聊之中，則以填詞度日。歸安朱祖謀在《半塘定稿》序中說：「庚子之變，歐聯隊入京城，人居或驚或散。予與同年劉君伯崇，就君以居。三人者，痛世運之凌夷，患士氣之非一日致，則發憤叫呼，相對太息，既不得他往，乃約為詞課，拈題刻燭，於喁唱酬，日為之無閒。一藝成，賞奇攻瑕，不隱不阿，談諧間作，心神灑然，若忘在顛沛兀臲中，而以為友朋文字之至樂也。」這一班人，那時候真是在黃連樹下彈琴。除了王鵬運、鍾德祥、朱祖謀之外，還有上元端木埰、吳縣許玉瑑等等，無意之中，就在此時奠下了晚清詞學大盛的基礎。為什麼呢？因為從此時起，他們便上了詞癮，雖然後來兩宮回鑾，乾坤重整，但這一班人都無心國事了。他們將所有的聰明、才力大部分用在填詞、校詞、刻詞的功夫中。朱祖謀本來以「直聲震天下」的，當聯軍入京之前，慈禧太后在保和殿大集群臣問計，朱氏竟敢力陳洋人之不可殺，義民之不可恃。慈禧太后大怒，質問「什麼人說的？」「臣朱祖謀」四個字說得聲入雲霄，何其壯也。但卻不道後來便「枉拋心力作詞人」（用彊邨絕命語）了。那時候在那一班詞人埋頭埋腦填詞、校詞、刻詞當中，於是紛紛有《薇省同聲集》、《四印齋所刻詞》等等出版，極一時之盛，可見他們癡心逸興，亦所謂奇文共欣賞也。

王鵬運極力提倡夢窗，但他的詞不能說是夢窗派。他的詞誠所謂「體備眾制，無一不工」。但跟他填詞，受他影響的朱彊邨卻是正宗的夢窗派，而且是夢窗派的大功臣。吳梅先生說：「朱丈漚尹從半塘遊，而專力夢窗。」有些人說，朱彊翁的聰明才力，不獨在半塘之上，而且有時在夢窗之上，的確是青出於藍。此言亦似有理。半塘、子疇、鶴巢相繼凋謝以後，彊邨便成了中國晚清詞壇的盟主了。他一方面提倡夢窗，一方面又提拔起一個陳述叔（洵）來作南北的聲援。他說：「新拜海南為大將，近邀臨桂角中原。」他對陳述叔推崇極了。比之梁鼎芬所稱「黃詩陳詞」還要青眼百倍。為什麼呢？原來海綃翁不獨做得一手惟妙惟肖的夢窗派詞，而《海綃說詞》更能將覺翁澀晦的詞境說得金針暗度。怪不得彊邨如此青眼。自從朱陳極力提倡以後，夢窗詞就盛行於今世了。

在未說到夢窗詞的本身之前，我還想再說關於夢窗詞派的朱陳兩家的幾句話。若論才氣，自是陳不如朱，若論酷肖覺翁，亦有謂朱不如陳者。此說似非虛論，有兩點我以為是值得提出的。（一）覺翁精於音律，而海綃填詞，對於四聲，一字不苟。試看《海綃詞》中，無一不嚴守四聲。他做得如此之工，又如此之協，這不能不令人歎服。彊邨詞雖有極工者，但遠不如海綃之協矣。有人說廣東人對於四聲較江浙人為易辨。此言亦似有理。（二）海綃身世遭遇，與覺翁較彊邨為近。不用說別的，只看到《海綃詞》中關於雪孃那幾首，真與覺翁憶去姬之作，一往情深，如出一簸。至於彊邨就不同了，遍查《彊邨語業》諸闋之中，只有《暗香》一首，稍近此路。

暗香

素天煙邈，點去鴻兩兩，碧雲樓角。夢約不來，一剪微波渺難託。傷別傷秋未算，還點鬢，新霜經著。漸逗入，隔歲相思，花底歌深酌。

誰覺。背虛幕。正不耐夜吟，玉繩低絡。五湖計錯，鄉國蘋花漸非昨。何況空江畫槳，悽蕩損，蕭娘眉萼。待寄語、江上水，月華又落。

但細看此詞，與其說是似夢窗，不如說是近蔣春霖。你看「傷別傷秋未算 …… 五湖計錯，鄉國蘋花漸非昨，何況空江畫槳，悽蕩損，蕭娘眉萼」，這和蔣鹿潭的《琵琶仙》.「天際歸舟，悔輕與，故國梅花為約 …… 更休怨，傷別傷春，怕垂老、心期漸非昨。彈指十年幽恨，損蕭娘眉萼。」這幾句詞豈不是可以說神貌都相似嗎？

（二）

《夢窗詞》有甲乙丙丁四稿，其詞集傳世者，有毛氏汲古閣宋六十家詞本，杜氏曼陀羅華閣本，王氏四印齋本，朱氏《彊邨叢書》本，《彊邨遺書》本，張氏《四明叢書》本。他的詞大概可分為三類。其一是憶去姬之作。其二是感慨興亡之作。其三是遊餞、詠物、節序等作。諸詞之中，自以憶去姬之作為最多而最工。蓋覺翁自入蘇州倉幕供職時，即納姬同居於閶門西之西園。其後去幕職，攜姬遷杭，而未幾姬赴蘇，一去不返。覺翁傷心失戀之餘，以其纏綿沉痛之情緒，寄之於倚聲。覺翁全部詞中，當以此憶去姬之一類為最傑構。長調中《鶯啼序》（《彊邨叢書》本頁五九）《春晚感懷》，是極驚心的巨構。誠如陳廷焯《白雨齋詞話》所謂「全章精粹空絕千古」。惟以錦兒為喻，又有瘞玉埋香，斷魂怨曲之句，似指已亡之戀人，則去姬之外，或尚有他歡。此詞之結句「傷心千里江南，怨曲重招，斷魂在否」，可謂淒婉之極。《瑞鶴仙》（頁三）一闋「待憑信，拌分鈿。試挑燈欲寫，還依不忍。箋幅偷和淚捲，寄殘雲賸雨蓬萊，也應夢見。」低徊婉盡，欲往而復，欲斷還連，實在是深得清真之妙。《齊天樂》（頁二十）「煙波桃葉西陵路，十年斷魂潮尾……」一闋，運典隱僻，則可比諸詩家之玉谿。「華堂燭暗送客。眼波回盼處，芳豔流水。」送客者，送妾也。柳渾侍兒名琴客，故以客稱妾。西陵為邂逅之地，撫今追昔，但有江花相照憔悴耳。「素骨柔蔥」無限思憶，「分瓜深意」痛在言外，相思無夢，唯度秋宵於亂蛩疏雨之中，這真是血淚的文藝。《霜葉飛》（頁二）《重九》一闋：「半壺秋水薦黃花，香噀西風雨。縱玉勒，輕飛迅羽。淒涼誰吊荒台古。記醉踏南屏，彩扇咽，寒蟬倦夢，不知蠻素。」異軍忽起，突出悲涼。「蠻素」指去姬。昔時歌扇已消沉，惟有寒蟬倦夢，無聊傳杯，斷闋慵賦。蓋蠻素既去，則事事堪嗟矣。陳亦峰云：「有筆力，有感慨，只一二語已覺西風四起。」短調中《浣溪沙》兩闋，《鷓鴣天》、《點絳唇》等，都是為去姬之作。《浣溪沙》（頁三六）「落絮無聲春墮淚，行雲有影月含羞」，工麗淒婉極了。春墮淚以懷人，月含羞而隔面，義兼比興也。又（頁三六）「江燕話歸成曉別，水花紅減似春休」，與《瑞鶴仙》之花飛人遠同一含義。《鷓鴣天》（補頁十四）的「吳鴻好為傳歸信。楊柳閶門屋數間」，「楊柳閶門」即與去姬同居蘇州時之故宅，「吳鴻」「歸信」言已亦將去此間矣，眼前風景何有焉？至於《風入松》（頁五七）一闋，尤為工麗。「聽風聽雨過清明，愁草瘞花銘。樓前綠暗分攜路，一絲柳，一寸柔情。料峭春寒中酒，交加曉夢啼鶯。西園日日掃林亭，依舊賞新晴。黃蜂頻撲秋千索，有當時，纖手香凝。惆悵雙鴛不到，幽階一夜苔生。」清明為邂逅之始，西園為同居之地。覺翁此詞絕不晦澀，於自然中見其溫柔渾厚。我最愛「樓前綠暗分攜路，一絲柳，一寸柔情」和「黃蜂頻撲秋千索，有當時，纖手香凝」幾句，此譚復堂所謂「癡語」也。

覺翁第二類的詞是感慨興亡之作，蓋覺翁生於南宋末季，其時偏安半壁，風雨飄搖，故此類感慨之作亦多。《八聲甘州》（頁九十）《靈岩陪庾幕諸公遊》，覺翁作此詞時，宋室尚未亡，但詞中已有「宮裡吳王沉醉，倩五湖倦客，獨釣醒醒」之語。海綃翁云：「獨醒無語，沉醉奈何 …… 不知當時庾幕諸公，何以對此。」又在他的名作《高陽臺》（頁八二）《豐樂樓》分韻得如字一闋中「修竹凝妝，垂楊駐馬，憑欄淺畫成圖。山色誰題，樓前有雁斜書」，已有半壁偏安，誰與託國之感。「怕檥遊船，臨流可奈清臞。飛紅落到西湖底，攪翠闌總是愁魚。莫重來吹盡香綿，淚滿平蕪」，則已有殃及池魚之意。淚滿平蕪，城邑丘墟，高樓何有？是吳詞之極沉痛者。又如《瑞龍吟》（頁三一）之《賦蓬萊閣》曰：「東海青桑生處，勁風吹淺，瀛洲青沚」，則興亡之譬喻也。「鏡中暗換明眸鋯齒」，則新舊人物之交替也。《三姝媚》（頁八六）《過都城舊居有感》一闋，所謂過舊居者，即思故國也。「紫曲門荒，沿敗井，風搖青蔓。對語東鄰，猶是曾巢，謝堂雙燕。」何等悲涼感慨！「春夢人間須斷，但怪得當年，夢緣能短。」語更沉痛矣。「繡屋秦箏，傍海棠偏愛，夜深開宴」，是回首承平。「舞歇歌沉，花未減，紅顏先變。竚久河橋欲去，斜陽淚滿」，則盛時已過，惟有斜陽之淚，送此湖山耳。

第三類遊餞之詞很多，其中傑出者，如《金縷歌》（補十八）《陪履齋先生滄浪看梅》一闋，「後不如今今非昔，兩無言、相對滄浪水」，則遊覽之中，亦寄無限感慨。《倦尋芳》（頁八四）《花翁遇舊歡吳門老妓李憐邀分韻同賦此詞》下闋云：「聽細語，琵琶寫怨。客鬢蒼華，衫袖濕遍。漸老芙蓉，猶自帶霜宜看。一縷情深朱戶掩，兩痕愁起青山遠。被西風，又驚吹夢雲分散。」即可謂綿麗極矣。至於《聲聲慢》（頁八十）之「檀欒金碧，婀娜蓬萊」，卻難免有拙笨之譏。

詠物詞中，當以《高陽臺》（頁八三）之詠落梅為最佳構。「南樓不恨吹橫笛，恨曉風千里關山」，「細雨歸鴻，孤山無限春寒」，可謂幽怨清虛之緻。《宴清都》（頁十六）詠連理海棠「東風睡足交枝，正夢枕瑤釵燕股。障灩蠟滿照歡叢，嫠蟾冷落羞度。」用筆溶煉之極。下半闋云：「人間萬感幽單，華清慣浴，春盎風露，連鬟並暖，同心共結，向承恩處。憑誰為歌長恨，暗殿鎖秋燈夜語。」「人間萬感」接天上嫠蟾，「華清慣浴」有好色不與民同意，天寶之不為靖康者幸耳。故曰憑誰為歌長恨，夾敘夾議，運筆用意，奇幻異常。

詠時序的詞如《澡蘭香》（頁四八）之淮安重午「念秦樓，也擬人歸，應剪菖蒲自酌，但悵望一縷新蟾，隨人天角」，大有每逢佳節倍思親之感。「盤絲系腕，巧篆垂簪，玉隱紺紗睡覺。銀瓶露井，綵箑雲窗，往事少年依約。為當時，曾寫榴裙，傷心紅綃褪萼。」起首五句，至第六句點出全是少年往事。「紅綃褪萼」即風景不殊，人事都非矣。覺翁此詞，章法極密。又《祝英台近》（頁四六）詠除夕立春：「有人添燭西窗，不眠侵曉，笑聲轉，新年鶯語。」極寫家人守歲之樂。至後闋云：「歸夢湖邊，還迷鏡中路。可憐千點吳霜，寒消不盡，又相對落梅如雨。」則懷人思歸，悵觸無限矣。彭羨門云：「予獨愛夢窗《除夕立春》一闋，兼有人天之巧。」

以上是略舉幾首夢窗詞的欣賞，以下想說幾句關於夢窗批評的話。

批評夢窗的人，大概亦可以分為三類：（一）反對的，（二）毀譽參半的，（三）推重的。現在先就第一類略舉幾個例如下：

其一，王國維，他在《人間詞話》（上七遺書本）中說：「（周）介存謂『夢窗之佳作，如水光雲影，搖盪綠波，撫玩無極，追尋已遠』。余覽《夢窗甲乙丙丁稿》中，實無足當此者。有之，其『隔江人在雨聲中，晚風菰葉生秋怨』二語乎！」又曰：「夢窗之詞，余得取其詞中之一語以之評曰：映夢窗凌亂碧。」王國維先生是主張血淚文章的，他要靈性，他要真情，在這種立場之下，他當然不會喜歡夢窗詞，這完全是「興味」問題，所謂仁者見仁，智者見智。

其二，張惠言，他不大喜歡夢窗，嘗譏《夢窗詞》枝而不物，詞選獨不收《夢窗詞》。董毅《續詞選》只收夢窗《唐多令》、《憶舊游》兩闕，此兩闋絕不能代表夢窗的作品，尤其《唐多令》（補十七）一闕，「何處合成愁，離人心上秋」，幾等於油腔滑調，在夢窗集中，最屬下乘。這種選法，自然不能算公允。

其三，胡適先生也很反對夢窗，他以為夢窗的詞「沒有情感，沒有意境，只在套語和古典中討生活」。在詞選中，他特別提出《瑣窗寒》詠玉蘭來做攻擊的資料。

瑣窗寒．玉蘭（頁一）

紺縷堆雲，清腮潤玉，氾人初見。蠻腥未洗，海客一懷淒惋。渺征槎，去乘閬風，占香上國幽心展。□遺芳掩色，真恣凝澹，返魂騷畹。

一盼，千金換。又笑伴鴟夷，共歸吳苑。離煙恨水，夢渺南天秋晚。比來時，瘦肌更銷，冷薰沁骨悲鄉遠。最傷情，送客咸陽，佩結西風怨。

胡氏說：「這一大串的套語與古典，堆砌起來，中間又沒有什麼詩的情結，或詩的意境，作個綱領。我們只見他時而說人，時而說花，一會兒說蠻腥和吳苑，一會兒又在咸陽送客了，原來他說的是玉蘭花。」這種批評，亦殊不當。夢窗此詞，是為去姬而作，上闋映合花，下闋直說人。不把握此點，當然不理解此詞。吳於春秋為蠻地，故曰「蠻腥」。「吳苑」是與去姬同居之地。咸陽指杭州，蓋咸陽為古帝都，而杭州為南宋之都也。此詞將由蘇州遇姬至杭州別姬，情事包括在內，不能說只將一大套古典及套語堆砌起來，忽而說蠻腥吳苑，忽而說咸陽也。

至於第二類，讚賞夢窗的詞而亦同時加以批評的，上文已舉過張玉田「七寶樓臺」之語，此外還可以舉幾個例：

一，孫月坡云：「夢窗足醫滑易之病，不善學者，便流於晦，余謂詞中之有夢窗，猶詩中之有李長吉，篇篇李長吉，閱者生厭，篇篇夢窗，亦難悅目。」

二，沈義父（《樂府指迷》）云：「夢窗深得清真之妙，其失在用事下語太晦處，人不可曉。」

三，周濟（《宋四家詞選》序論三）云：「杲文不取夢窗，是為碧山門徑所限耳。夢窗立意高，取徑遠，皆非餘了所及，唯過嗜餖飣，以此被議。」

第三類，對於夢窗絕對恭維的，更為不少，其例不勝枚舉，尹煥、鄭文焯、況周頤、劉承幹、張爾田、樊增祥、戈載等，對於吳詞，均有極推重讚歎之語。篇幅所限，不能盡錄，且於此舉出兩首評《夢窗詞》的詩如下：周之琦云：「月斧吳剛最上層，天機獨繭自繅冰。世人且食張春水，七寶樓臺見未曾。」又江昱云：「四稿何人解問津，空憐子面細推尋。要知金碧（嗟？）煌處，七寶樓臺運匠心。」

還有，我在這裡尚想引楊鐵夫《夢窗詞選箋釋》序文中的一段：「及走海上，得侍歸安朱漚尹師，呈所作，無褒語，只以多讀夢窗為勗。始未注意也，後每見必言及夢窗，歸而讀之，如入迷樓，如航斷港，茫無所得，質諸師，師曰：「再讀之。」又一年，似稍有悟矣。師曰：「再讀之。」如是者又一年，似有進矣。」這一段是夢窗派的徒子徒孫的親口供詞。我們看看，朱老師的態度，是如何的言必稱夢窗，如何的教人學詞必多讀夢窗！再看看他的徒弟楊鐵夫的神情，是如何的初讀之如入迷樓斷港，再讀之然後似稍有悟，又再讀之然後始稍有進。把這夢窗派師徒授受的情形，真是刻畫得惟肖惟妙，而他們的服膺夢窗，於此亦可見一斑矣。

至於什麼是夢窗派？夢窗派的面目如何？夢窗派的章法如何？夢窗派的特點何在？我不是夢窗派中人，自然不能隨便說，可惜覺翁逝世已六百多年，朱陳又相繼凋謝，都不能起於地下而請教之。無已，只有搜集各種關於此類的解說，略舉數點：

一、首先舉夢窗自己論作詞之法，沈義父述夢窗之言云：「音律欲其協，不協則成長短之詩。下字欲其雅，不雅則近乎纏令之體。用字不可太露，露則直突而無深長之味。發意不可太高，高則狂怪而失柔婉之意。」

二、《夢窗詞》有順、逆、提、頓、轉、折之法。楊鐵夫述朱彊邨教他作詞的經過云：「師於是微指其中順、逆、提、頓、轉、折之所在，並示以步趨之所宜。縱讀之，又一年。加以得海綃翁所評清真，夢窗詞語，讀之愈覺有悟，於是所謂順、逆、提、頓、轉、折諸法，觸處逢源。知夢窗諸詞，無不脈絡貫通，前後照應，法密而律精。」

三、《夢窗詞》有復筆與反映之法。如《瑞鶴仙》上闋：「花飛人遠」四字，下闋乃有「流紅千浪」，即飛花之復筆。「 總難留燕」，即人遠之復筆。又如《霜花腴》下闋「芳節多陰」，則反映上闋之「暮煙秋雨」。「蘭情稀會」則反映上闋之「舊宿凄涼」。（參考《海綃翁夢窗詞評》。）

四、《夢窗詞》有「打蛇法」，擊尾則首應，擊首則尾應，擊中間則首尾俱應。如《藻蘭香》下闋：「莫唱江南古調，怨抑難招，楚江沉魄。薰風燕乳，暗雨梅黃，午鏡藻蘭簾幕。念秦樓，也擬人歸，應剪菖蒲自酌，但悵望，一縷新蟾，隨人天角。」開首之「招」字與結尾句之「歸」字相應。起頭「莫唱」二字，與中間之「難招」及結尾之「但悵望」三字，首中尾皆應。（參考《海綃說詞》，但張玉田《詞源》亦有此法。）

五、《夢窗詞》有「留」字訣，及「斷」字訣。留者，含蓄不露，有餘不盡。斷者，疑往而復，若斷還連。

六、《夢窗詞》的氣格要沉著。劉承幹云：「重者，沉著之謂，在氣格，不在字句，於《夢窗詞》庶幾見之。即其芬悱鏗麗之作，中間雋句豔字，莫不有沉著之思，灝瀚之氣，挾之以流轉，令人玩索而不能盡。」

七、《夢窗詞》極講究「煉句」與「煉字」。陳廷焯（《白雨齋詞話》）云：夢窗精於「煉句」，超逸處則仙骨珊珊，洗脫凡豔。幽素處則孤懷耿耿，別締古歡。」況周頤（《蕙風詞話》二：二三）云：「夢窗密處，能令無數麗字，一一生動飛舞，如萬花為春，非若琱瓊蹙繡，毫無生氣也。」

八、關於夢窗的用韻與用典。鄭文焯云：「拈韻習取古諧，舉典務出奇麗。」

以上幾點，不過就我見聞所及，聊舉數端。現在我想簡單地說明我個人對於夢窗的意見，作為此文的結論。我的意見，可以歸納為兩句話：「我喜歡夢窗的詞而不喜歡夢窗的為人，我愛讀《夢窗詞》而不愛做夢窗詞。」

為什麼我喜歡其詞而不喜歡其人呢？夢窗之詞若論運思之深，章法之密，煉句之精，字面之雅，用典之奇麗，音律之諧協，皆可稱詞壇之一流作品，而別開生面者。的確深得美成之妙，雖其天分或不如美成，而工力有時或且過之。夢窗的詞，猶之玉溪生之詩，此語誠為確論。這是我所愛讀的。但覺翁的為人就不可同日而言了。我不贊成他的私德，也不佩服他的政治人格。他在私德上，是好酒好色的。雖然，時代的變遷，道德的觀點容或不同，不能以今日的眼光去非議古人的行動，但我總覺得一個老翁，還想癡戀著，或者留戀著一個少女，無論如何，是不雅觀的。至於他的政治人格，他生於南宋末季，眼見宋室之將亡，無匡時濟世之謀，惟日夕追陪顯要，遊覽吟詠，諮嗟太息，將興亡之感慨，寄諸於詞。雖然，這種態度是中國亡國士大夫的一貫作風，本無足怪，或比諸趙孟頫、錢謙益之流要稍勝。但他們為什麼不能學張子房之揮動其博浪金錐？為什麼不能像文文山的慷慨奇節？我這種感想，不是專指摘覺翁一人，我是向好酒好色的詞人騷客們，提出一個總抗議。我更向一班不謀匡國濟民的士大夫們提出一個總抗議。

為什麼我愛讀《夢窗詞》而不愛做夢窗詞呢？況周頤先生說：「非絕頂聰明人，勿學夢窗」，此言深銘臟腑。人貴有自知之明，我愚笨而善忘到連考試時都說不出夢窗的名姓，還想學做夢窗嗎？復次，我聞說冒鶴亭先生曾贈陳述叔一句詩：「披枷帶鎖作詞囚」，此言雖未免太過，但做夢窗是要嘔心嘔血，則是實情，我確有點畏難不敢做。但讀《夢窗詞》則又不同，我實在愛讀夢窗，其中滋味，一言難盡。我愛食橄欖，其味雖澀，但咀嚼久之，津液自生，甘香滿口，此與讀夢窗同一滋味也。

（本文原載嶺南大學國文學會刊物《南國》第二期，1950 年元旦。林縵華以「梁美珍」的名字發表此文。）

朱彊邨詞論

第一章

詞導源於晚唐[1]，播及五季，而極盛於兩宋，元雜以俗樂，詞體漸衰，歷明而日趨沒落，入清而再呈興盛，探五季之淵源，振兩宋之墜緒，號稱詞學中興。觀其二百八十年中，雖門戶派別頗有不同，各尊所尚，而各具異采也。綜有清一代詞學，其派別大抵有二。或取清空，或取醇厚。主清空者，以姜夔[2]為範，所謂浙派詞也；取醇厚者，尊清真[3]為宗，所謂常州派詞也。

開國之初，京朝士大夫雖依輦轂，猶慨滄桑，樽前酒邊，特假長短句以抒抑鬱之懷，始而微有寄託，久則務為諧啓，而吳越操觚家聞風競起，選者作者妍媸揉雜，遂致怪詞鄙詞遊詞之流弊焉。一時之士，如吳駿公（偉業）、龔芝麓（鼎孳）、曹溶、梁清標、彭孫遹等，皆以花草為宗，祖述

---

1 本文為林緼華在嶺南大學國文系的畢業論文第一章以及第二章一部分的初稿，寫於 1950 年。導師本來是陳寅恪，陳寅恪則邀請在上海的龍榆生作為論文導師。龍榆生閱讀了第一章，提出修改意見，在文稿上多處寫下批語。林緼華於 1951 年初奔赴西北軍區參軍，論文未能完成。論文標題「朱彊邨詞論」為編者加。文中字跡無法辨認處，用□標出。

2 姜夔（1154 年－ 1221 年），字堯章，號白石道人，南宋詞人。

3 清真，周邦彥號。周邦彥，字美成，號清真居士，杭州錢塘人，北宋詞人。

南宋，非失之纖巧即失之粗獷，罕或及於北宋以上者。

自朱竹垞[4]、陳其年[5]出，而風氣為之一變，竹垞綿繡而傷於餖飣，其年雄偉而失諸粗率。清初詞壇當以此二子為巨擘，大抵嘉慶以前詞人，為二子所牢籠者十之七八。竹垞宗法玉田[6]，開浙派之先河，蓋承明詞之弊，而崇尚清靈，以救嘽緩之病者，盡洗明代奔放叫囂之氣，代以敦厚溫柔之緻，然未肯進入北宋一步，晚唐五代更無待論矣。朱氏《詞綜》出，而家白石戶玉田[7]，左右一時風氣，與之同時而不為其範圍者，實惟納蘭容若[8]，才華門第，直追南唐三主[9]，其詞纏綿婉約，能極其致，惜享年不永，未竟其學耳。竹垞既倡浙派之風於前，分虎、武曾二李[10]輔之，並為羽翼，復得厲太

---

4 朱竹垞，為朱彝尊號。朱彝尊（1629 年－ 1709 年），字錫鬯，號竹垞，浙江秀水人。清初詞人、學者，為「浙西詞派」創始人，與陳維崧並稱「朱陳」。編輯《詞綜》。

5 陳其年，陳維崧字。陳維崧（1625 年－ 1682 年），清初詞人，字其年，號迦陵。宜興人。與朱彝尊齊名。詞作有《湖海樓詞》。

6 玉田，張炎號。張炎（1248 年－ 1320 年），字叔夏，號玉田。南宋詞人，著有《詞源》。

7 白石，指姜夔。玉田，指張炎，見前注。

8 納蘭性德（1655 年－ 1685 年），字容若，號楞伽山人，原名納蘭成德，因避諱太子保成而改名納蘭性德。清初詞人。

9 指南唐詞壇三巨匠李煜、李璟、馮延巳。

10 李符（1639 年－ 1689 年），字分虎。清初詩人。與其兄李繩遠、李良年齊名，號稱三李。著有《香草居集》、《耒邊詞》。李良年（1635 年－ 1694 年），字武曾，著有《秋錦山房集》。

鴻[11]振其緒，郭頻伽[12]暢其風，流傳益廣。而太倉二王[13]，錢塘三張，宜興二史[14]，皆兄弟競爽，出入其間，並有佳制。波瀾既廣，而訾議之者亦眾。巧構形似之言，失端莊凝重之旨。主清空而流於浮薄，主柔婉而流於纖巧，末流之弊，乃入於枯寂，乾嘉之間，其風益弊。故一時作家咸思拔幟朱陳之外，又遇大力者，負之以趨，窕曲幽深，詞格又非皆此。

後此代之而起者則有常州一派。武進張惠言與弟翰風[15]，朔源競委，汰言情而尚寄託，振北宋名家之緒，以深美閎約為旨，沉著醇厚為規，首尚立意，而次協律，別裁偽體，上接風騷，於姜張[16]之外，標舉張先[17]、蘇軾、秦觀、周邦彥。同時作家黃仲則、左仲甫、惲子居、錢季重，採翰

---

11 厲鶚（1692 年－ 1752 年），字太鴻，浙江錢塘人，清代詞人，著有《樊榭山房集》等。

12 郭麐（1767 年－ 1831 年），字祥伯，號頻伽，清代詞人。

13 王策，（1663 年－ 1707 年），字漢舒，號香雪，江蘇太倉人。著有《香雪詞鈔》。王時翔（1675 年－ 1744 年），太倉人，著有《小山全集》。二人並稱「太倉二王」。

14 指史承謙、史承豫兄弟，宜興人，清代詞人。

15 張惠言（1761 年－ 1802 年），清代詞人，字皋文，一作皋聞，號茗柯，江蘇武進人。編輯《詞選》，開創常州詞派，著有《茗柯文編》。張琦（1764 年－ 1833 年），字翰風，常州人。張惠言胞弟。與兄合輯《詞選》，開創所謂「常州詞派」。

16「姜張」，指姜夔、張炎。

17 張先（990 年－ 1078 年），字子野，北宋詞人。

鑄辭，絕無餖飣之習，倚聲之學，至是而樹正鵠。然張氏於南宋獨抑夢窗，譏為枝而不密物，則門庭過隘，亦未足以窺斯體之全。張氏甥董晉卿[18]接式張氏，變風騷人之遺，更申張氏之旨。周介存接式常州[19]，益窮正變，以詞非寄託不入，專寄託不出，標榜四家，領袖趙宋一代。教人以問涂碧山，歷夢窗稼軒，而入美成之渾化[20]。其規範有較張氏為宏遠矣。然抑東坡而揚稼軒，取碧山與三家並列，皆未見允當也。與張周同時而不為清真所範者，則有項蓮生[21]，其詞古豔哀怨，情深語苦，譚復堂譽其有白石之幽澀而去其俗[22]，有玉田之秀折而無其率，有夢窗之深細而化其滯。雖推許逾量，亦名家大手也。洪、楊[23]之亂，民苦鋒鏑，天挺英才，

---

18 董士錫（1782 年－ 1831 年），字晉卿，江蘇武進人。其舅為張惠言，同為常州詞派重要詞人。

19 周濟（1781 年－ 1839 年），字保緒，一字介存，號未齋，晚號止庵。江蘇宜興人，清朝詞論家。有《詞辯》、《宋四家詞選》等著作。

20 周濟（介存）云：「問涂碧山，歷夢窗、稼軒，以還清真之渾化。」（《宋四家詞選目錄序論》）王沂孫，號碧山，又號中仙，又號玉笥山人，浙江會稽人，南宋詞人。吳文英，號夢窗。辛棄疾，號稼軒。周邦彥，字美成，號清真居士，杭州錢塘人，宋詞人。

21 項蓮生，清代詞人，著有《憶雲詞》。

22 譚復堂（1832 年－ 1901 年），原名廷獻，字仲修，號復堂，浙江人。致力詞學，編輯清詞集《篋中詞選》。

23 洪秀全、楊秀清，太平天國首領。

蔣鹿潭《水雲》[24]一卷，以兩宋規模，寫江東之兵革，氣韻既高，聲律復密，不專寄託而情景自爾交融，不費推敲而吐屬自然深穩，謂之詞家杜陵[25]，當之無愧。復堂以之□於成容若[26]、項蓮生，謂二百年中，分鼎三足。然成項二氏皆聰明過於工力，獨鹿潭則兼具之矣。譚復堂服膺張周，光大崑陵[27]，與莊中白（棫）並稱於時[28]，其《詞辨》及《篋中詞》品題所及，亦具隻眼，剖析精而宗旨正，光緒以來言詞者，多奉為導師。然常州派詞於音律本疏而少精研，自萬紅友[29]、戈順卿[30]出聲律之說乃加詳備，紅友詞、順卿論韻皆□以矯時弊，惜才力不足以相副，反啟後來拘泥四聲清濁、以

---

24 蔣春霖（1818 年－ 1868 年），字鹿潭，清代詞人，著《水雲樓詞》。

25 杜陵，指唐代詩人杜甫。杜甫，號杜陵野客、杜陵布衣。

26 成容若，即納蘭性德。見注 8。

27 指清代詞學崑陵派。

28 莊棫（1830 年－ 1878 年），字中白，號東莊，又號蒿庵。清代詞人、學者。著有《蒿庵遺稿》。

29 萬樹（1630 年－ 1688 年），字紅友，明末清初人。詞學家、戲曲文學作家。編有《詞律》。

30 戈載（1786 年－ 1856 年），字順卿，江蘇吳縣人。著有《翠薇花館詩》、《翠薇花館詞》、《詞學正韻》，編有《詞律訂》、《詞律補》、《續絕妙好詞》、《宋七家詞選》。

聲害詞、以詞害意之風。降及季世，北則王幼霞（鵬運）[31]，南則鄭叔問（文焯）[32]，叔問神似白石，審音辨律，精麗纏綿，並世無兩。幼霞承常州派之流，幻眇而沉鬱，義隱而旨遠，蓋「導源碧山，復歷稼軒、夢窗，以還清真之渾化」，與周氏之說，契若針芥。在中書之日，振衰扶雅，於是同時文士，文道義（廷式）、朱古微（祖謀）、況夔笙（周頤）、陳伯 （銳）輩，翕然從之，起為詞宗。朱況齊名，並稱於時，皆聞常州派之風而起者，然朱氏特以造詣之深，身世之感，融諸家之長，卓然自樹一幟，不惟光大常州派，且非常州門戶所能限矣。故論清詞者，謂愈晚出而愈精。而集其大成，為一代之詞宗者，則眾論所歸，咸推朱彊邨先生焉。

第二章（初稿片段）

《鷓鴣天　簡蘇堪，時將營壽藏，丐其書碑，碑曰彊村詞人之墓》詞云：「敢學邠鄉畫古圖。卻師表聖構元廬。頭

---

31 王鵬運（1849 年－ 1904 年），字佑遐，一字幼霞，自號半塘老人。廣西臨桂人。工於詞作，與況周頤、朱孝臧、鄭文焯合稱「清末四大家」。著有《半塘定稿》。編刻宋、元諸家詞《四印齋所刻詞》。

32 鄭文焯（1856 年－ 1918 年），字俊臣，號小坡，又號叔問，遼寧鐵嶺人，後旅居蘇州。清末著名詞人，著有《大鶴山房全集》。

皮留在還看鏡，心力拋殘但覆瓿。　螻蟻飽，馬牛呼。姓名官職總區區。豐碑幾許征西字，消得先生點筆無。」然而他畢竟是枉拋心力作詞人的了。

彊邨先生生平的略歷

彊邨先生姓朱，名孝臧，字古微，又號漚尹，又號彊邨。浙江歸安人。他的父親朱光第，做過河南省鄧州的知州。有子四人，他是長子，生於咸豐七年（西元一八五七年），兒時聰穎異常，愛好文學。光緒壬午年中舉人。癸未舉進士二甲一名。就在翰林院當編修，歷充國史館協修會典館總纂總校，戊子科江西副主考官，戊戌科會試同考官，教習，庶士，擢侍講，充日講起居注官，遷侍讀庶子，至侍讀講學士。在那時候義和團作亂，清廷的親貴和頑固的大臣，引拳匪入北京，殺了日本的書記官及德國公使，彊邨先生不避危險，兩次抗疏極諫。迨八國聯軍出兵，慈禧太后召集廷臣策定主戰大計，當時彊邨先生官階很低，列於班後，高聲抗言義和團終不可用，董福祥之不可恃。於是慈禧震怒，幾乎獲罪，幸而他是文學侍從之官，未加深究。其後聯軍既陷北京，兩宮西狩，彊邨先生想著扈從，而車馬為潰軍所掠，欲行不得，遂留於北京，寄居王鵬運的家裡。彊邨先生就是從那時從事研究詞學的了。慈禧蒙塵而後，深悟前事之非，漸感彊邨先生的公忠體國，一年之間，兩次甄拔，由小詹事進為內閣學士。還蹕以還，擢為禮部侍郎兼署內部侍郎。甲辰年外放廣東學政。他在廣東任內，遍遊東江、北江瓊崖各處名勝古跡，也來過香港。他很反對廣東的圍姓賭博，上書請禁。其後他與廣東總督齟齬，稱疾引去。從此就隱居上海，迴翔於江海之間，覽名勝，結儒彥，專心致力填詞，對於政治也不聞問了。光緒年間曾授他弼德院顧問大臣，辭不就。袁世凱做總督的時候，聘他為高級顧問，亦不就。其時到天津一次，謁溥儀於張園，涕泣而去，此後以遺老終其身。他只有一子，名方飴，但壯年死了。遺一孫也夭折。平生友愛成性，而仲弟又先物故，晚年境遇，若此蒼涼，誰不悽愴！終於民國二十年（一九三一年）卒於上海，春秋七十有五。

彊邨詞學的途徑

彊邨先生少年的時候以能詩名，其蹊徑在山谷東野之間。年四十才開始學詞，他在《彊邨詞賸稿》序文中說：「予素不解倚聲，歲丙申重至京師，半塘翁時舉詞社，強邀同作，翁喜獎借後進，於予則繩檢不少貸，微叩之，則曰：君於兩宋塗徑，固未深涉，亦幸不睹明以後詞而耳。貽予《四印齋所刻詞》十許家，復約校夢窗四稿，時時語以源流正變之故。彷徨求索，為之且三寒暑，則又曰可以視今人詞矣。示以梁汾、珂雪、樊榭、稚圭、憶雲、鹿潭諸作。會庚子之變，依翁以居者彌歲，相對咄咄，倚茲事度日，意似稍稍有所領受。」這段序文中有一句話對於詞學的門徑是很重要的，就是：「君於兩宋途徑，固未深涉，亦幸不睹明以後詞耳」，換句話說：便是初學填詞的時候，不可隨便亂讀，若果入手先讀明詞，摸錯門路，便終身不能作得好詞了。所以他在這裡把自己學詞的經驗來教後輩學詞之初，要慎擇讀物。他所舉四印齋刻詞十餘家，當然是曾經慎選的，不過範圍稍為廣泛，張皋文的《詞選》所輯不多，而所選者皆精，這是大家所認為完善的選本。彊邨先生晚年亦選有《宋詞三百首》，似乎此詞選還要精備。此外戈順卿之《宋七家詞選》，周止庵之《宋四家詞選》及《詞辨》，都是審慎的選本，可以作為初學的道範。至於周氏所謂問涂碧山，歷夢窗稼軒，而入美成之渾化，也是詞學途徑的一端，但亦不必以此為限。要之，學詞之初，須從兩宋入手，善選讀物，這是彊邨先生以自己的經歷來給後學的一個重要教條。

我在這裡可以再舉一個旁例。北平有位邵瑞彭先生，他的詞作得很好，尤其善於教人填詞，跟他學詞的學生有徐禮輔者，為時僅兩月，燦然大有成就，相與驚歎不置。徐君出一部《涤水餘音》詞集，葉遐庵在詞集的序文中說：「兩月前，次公以雋邨此帙寄余，且述雋邨學詞之經過。余攜示彊邨翁，同為歎異，因及次公指授之得法，暨次公及門人陳文中、姜可能諸人，學詞之孟晉。余曰：次公之道無他，不令學者讀宋以後詞。猶學詩者從風騷入，習字者從篆籀入，雖鄙言累句，拙□敗筆，尤為風騷篆籀，而非俳諧釘鉸館閒體也。」這版序文之中，最重要的一句也就是「次公之道無他，不令學者讀宋以後詞」，難怪彊邨翁莞爾曰：「有是乎，子之善於昭晰也。」

「詞」，導源於晚唐，播及五季，而盛極於兩宋，元雜以俗樂，詞體漸衰，歷明朝而日益沒落，及清代中興的局面既成。初葉有秀水朱竹垞，錢塘厲氏太鴻以博奧雅淡的才華，致力於倚聲之學。李武曾、李分虎昆仲又為羽翼，於是浙派流風，一時之盛，遂振起元明兩代的衰萎。但朱竹垞編纂《詞綜》，所選微嫌蕪雜，宗法張玉田，都不是填詞的最高峰。張皋文、董晉卿所輯《詞選》，取義高遠，由樂府而上朔風騷。周止庵氏標幟意內言外的要旨，退姜白石、張玉田而進辛稼軒、王碧山，尊夢窗以當義山[33]、昌谷[34]，這是所謂崑陵派。而且同時萬紅友編訂《詞律》，戈順卿撰《詞林正韻》。

33 李商隱（813 年－約 858 年），字義山，唐代詩人。

34 李賀（790 年－ 816 年），字長吉，唐代詩人。河南府福昌縣昌谷鄉人，後世稱李昌谷。

我國自漢迄清歷代屯墾概況

屯墾在我國已有兩千多年歷史，從西漢以來，幾乎歷朝都興辦了屯墾，瞭解我國的屯墾歷史及其得失的主要經驗教訓，對我們今天辦好農墾事業無疑是有益的。由於翻閱到的史籍十分有限，研究得也粗淺，本文僅對我國自漢迄清歷代屯墾梗概做初步的整理和粗略的介紹。

一、歷代屯墾概要

屯墾的本意是軍隊在屯營的地方墾種農田，廣義泛指國家在國有土地或無主荒地上按編制組織人力進行一定規模的墾殖。歷代的屯墾主要有軍屯和民屯兩種。

我國屯墾始於西漢文帝（公元前 180 －前 157 年在位）。秦統一中國後，為了邊疆的安寧，將在內蒙河套以南的匈奴盡驅至河套以北。楚漢戰爭之際，匈奴乘機奪回原地，並進佔遼寧西南部、張家口、烏蘭察布盟、綏德，銀川一帶以北地區，在西漢建朝之後，不斷進行騷擾。西漢文帝時，匈奴騎兵曾深入到京都長安附近。當時漢經歷了長期楚漢戰爭，國力不支，不能大舉使用武力。在此情況下，太子家令晁錯向文帝上書，提出：匈奴在邊疆擾犯，如靠從內地派兵防守，道路艱險，運輸困難，軍役勞苦，民不堪其苦，易引起武裝暴動；匈奴逐水草遊牧，乘守備薄弱而擾犯，援兵少不足以抗禦，大量調集則遠途趕到，匈奴又已走遠；邊防士兵按制度一年一換，不熟悉匈奴和邊疆地勢。因此不如募民往邊疆墾地務農，在居住和墾種的地方築牆挖溝，建立城邑，並設置各種防禦措施以禦匈奴。凡願去的，給予解決衣食住。漢文帝採納了這一建議。武帝時，不僅有移民十萬於內蒙河套地區的大規模民屯，而且創立了軍屯，其中規模最大的是命令六十萬出擊匈奴的將士屯墾於河西走廊一帶。以後又設軍屯於新疆。

從東漢（公元 25 － 220 年）到三國時期（220 － 265 年）屯墾的範圍日益擴大。屯墾已不僅是為了邊防，而且成為戰後恢復和發展農業生產、減輕國家和人民負擔的一項重要措施；屯墾的地點已不只限於邊遠之地。東漢時有為鞏固邊防而設於遼寧，內蒙，冀、晉、陝三省北部，青海，河西走廊和新疆的屯墾；有為恢復和發展農業生產而設於陝、晉、豫三省的中原屯田。

東漢之末，各地連年戰爭，農業生產遭破壞。魏、蜀、吳三國因長期對峙作戰的需要，分別屯種於陝西、甘肅、安徽、河南、江蘇、浙江、山東、山西、湖北和江西北部等地。其中以魏的屯田最為興盛。曹魏當時所佔據的中原地區，由於長期戰亂，社會生產力破壞最為嚴重。曹操認為「定國之術，在於強兵足食」，故大力推行屯田。一方面命令軍隊就地屯田，以充軍餉；一方面又興辦民屯，招募和遷徙農民，以數十人為一屯，像軍隊那樣組織起來屯種。在其所控制的州郡，幾乎都有屯田，並都設有屯官。

兩晉、南北朝（265 － 589 年）三百餘年間戰亂不絕，有統治者貴族之間的戰爭，有各民族人民的起義戰爭，還有匈奴、巴氐、羯、鮮卑、氐、羌等少數民族的貴族起兵奪取政權的戰爭。這個時期，北方和中原地區的人民大量逃往長江下游北岸至淮水以南一帶，造成歷史上第一次人口大遷移。人口流走的地區需要組織人力進行有效的屯種，以供軍需國用；難民大量湧入的地區需要組織屯田，以安置難民，解決吃糧問題。所以各朝幾乎都興辦了屯墾，有的朝代把屯墾作為恢復、發展經濟和解決軍需國用的一項措施。如西晉令所有軍士凡沒有值班衛戍京都等重要任務的都參加屯田，北魏曾規定各州郡十分之一的民戶屯田。

隋（581 － 618 年）統一中國後，在長城以北和河西走廊等沿邊地區以及山東、河南等內地屯墾，也取得顯著成效。

屯墾到了唐朝（618 － 907 年）有了進一步的發展。唐建都長安。疆域東、南到海，西到鹹海，北到貝加爾湖和葉尼塞河上游，東北到外興安嶺以北和鄂霍次克海，西南到雲南、廣西。從唐初到開元（唐玄宗李隆基年號）初年是唐的興盛時期，這一時期實行兵農合一的軍事制度——府兵制。「開軍府以捍衛要衝，因隙地置營田，天下總屯九百九十二。」以善農者為屯官、屯副（直屬中央司農寺的屯田每屯二十頃至三十頃，州鎮屯田每屯五十頃）。事實上當時屯墾主要實行於邊鎮駐軍，佔全軍總數三分之一的內地軍隊很少屯種。據《文獻通考》記載：天寶（也是李隆基的年號，在開元之後）八年，軍屯收糧一百九十一萬三千三百六十石。軍屯以外，還有民屯。唐初中央和地方都設有負責管理屯墾的機構，軍隊各屯設直接辦理屯墾的屯官和屯副，對管理屯墾的官員定有賞罰制度。

開元以後，唐由盛而漸衰。唐初為了加強邊防，在四邊要地設節度使，掌管數州（州約相當於今天的省）的軍政權，勢力很大。開元後，中央漸難控制，不但府兵制逐漸不能推行，而且爆發了天寶年間的「安史之亂」。由於內戰，北方壯丁大多隨軍作戰，許多已屯種的耕地又撂荒，於是國家在撂荒的地方募民屯種，以供軍隊糧餉。或由政府每年給屯種者以一定的糧款，或由屯種者交納一定的糧食。唐、宋都有相當一部分屯墾屬於這種性質。

唐朝主要邊患北有突厥，東北有契丹，為邊防而設的屯墾大多設於遼寧、河北、內蒙、山西、陝西、青海、甘肅、新疆等地。

宋朝（960 － 1127 年）是在經歷五十餘年之久的五代十國分裂混亂局面之後建立的。疆域東、南到海，西到甘肅，北到天津、河北霸縣、山西雁門關一線，與遼接界。定都開封。當時主要邊患北有遼，西有西夏。屯墾主要設於遼東、河北、山西中部、陝西、河南、甘肅等地。以後遼國所屬女真族滅遼，立國號金，並進而攻北宋，攻陷京都開封。北宋欽宗之弟趙構逃往江南稱帝，建都杭州，稱為南宋（1127 － 1279 年），保存了淮河至大散關（在陝西省寶雞縣以南）以南的地方，造成了歷史上第二次人口從北向南大遷移。南宋立國江南，其屯墾主要設於江蘇、浙江、安徽、陝西南部、湖南、湖北等地。因為四川在國防上的位置重要，所以四川設屯也較多。

北宋鑒於唐藩鎮勢力過大致釀成內亂的教訓，立國後加強中央集權：將國內強兵調集京師周圍，邊疆駐防也由中央直接派軍；削奪禁軍將領和藩鎮兵權；派文臣帶京官銜代軍人掌握地方行政；遣使臣分掌地方財政並分散宰相的權力。這樣固然可避免唐朝權力下移、藩鎮勢力過大所造成的弊病，但其重文輕武、偏重防內的方針是造成宋朝積貧積弱的原因之一。宋不重視加強國防力量，因而對在鞏固國防上有重要意義的屯墾，也不可能重視經營。兩宋的屯墾雖然佈於邊陲，有軍隊屯種之軍屯，有募民屯種之營田，還招募弓箭手、義勇等民兵屯種，亦設置專管屯田之官吏，但屯政反復變異，不少地方的屯墾時興時廢，收效甚少。河北地區的屯田，唐天寶八年軍屯收糧四十萬三千餘石，北宋天禧末只收二萬九千四百餘石。

與宋同時，遼、金也都在他們統治的地區設屯田。軍屯制度在金有較大發展。一方面是因為金的軍事制度是壯者皆兵，武器、糧食都由士兵自備，士兵進入中原後，需要分配土地使耕種以自給。另一方面金統治者是原來北方邊疆的少數民族，佔據內地後，為了鎮壓和防範被佔領者的反抗，將軍隊分散駐守於佔領地區，就地屯種，所以金的軍屯遍設於其佔領的地方。由於軍隊佔領地之屯種，往往是取括民田，且金兵不會耕種，大多強令漢人代耕，人民深受其害，農業生產反遭破壞。

元朝（1271 － 1368 年）統一了中國，建都大都（今北京）。疆域東、南到海（包括臺灣及其附屬島嶼），西到新疆，西南包括西藏、雲南，北面包括西伯利亞大部，東北到鄂霍次克海。元統治者為了加強民族壓迫和階級剝削，採取民族歧視和等級政策，對漢族農民和各族勞動人民的壓迫、剝削很重。元朝屯墾興盛，軍屯、民屯遍於全國。有以左、右、中、前、後五衛為主的侍衛親軍的屯田，有中央農業部門大農司管轄的民屯，有各行中書省（約相當於現在的省）如遼陽、河南、河北、陝西、甘肅、江西、浙江、四川、湖廣等處和雲南諸路管轄的軍屯和民屯。元代軍屯制度在金的基礎上又有進一步的發展。各衛、所都設正軍和屯軍，人數各半，分別組織管理，各盡職守，每衛屯田千餘頃至兩千頃不等。在侍衛親軍中，正軍主要是蒙族青壯者，屯軍則盡量摘撥軍隊中蒙族老弱者和漢族人擔任。元代的軍屯已從守邊之計發展為鎮壓人民的手段，從用以局部供軍糧發展為全國性的「以供軍儲」，從亦戍亦屯發展為專職的屯田軍。民屯主要的並不是將地少人多地方的農民移往地多人少的地方，而是強迫有耕地的農民棄熟地往別處屯種，以應軍事需要，成為軍屯的輔助部分。所以元代的軍屯、民屯已成為封建統治者奴役人民的一種特殊剝削手段。元朝屯田數超過以前各朝，武宗至大元年時屯田十七餘萬頃，較宋屯墾多十一餘萬頃。

元朝屯墾遍及全國。由於福建、廣東、江西等地各族人民起義反抗，加之大理國兼併不久，南方很不穩固，屯墾除密集於京都北京周圍外，重點已向南移。而四川、貴州在軍事上是控制雲南、西藏的要地，在經濟上四川又是生產糧食的沃野，所以元朝西南屯墾較多。

元末各地農民紛紛起義。朱元璋將蒙族統治者趕回蒙古，滅元建明（1368 － 1644 年），建都南京。其後明遷都北京。疆域東北到鄂霍次克海、外興安嶺以北和鄂嫩河一帶地區，北到大漠，西北到新疆哈密一帶，西南到西藏、雲南，南到海南諸島，東到海（包括臺灣及其附屬島嶼等）。建朝之初，國力衰弱，東北和北方有少數民族的騷擾，西藏和西南其他地區的少數民族處於分裂狀態。明朝的第一、二代皇帝都致力於強兵富國，重視屯墾，鼓勵開荒，把屯墾特別是軍屯作為強兵富國的一項重要措施。明太祖朱元璋鑒於封建統治需要有足夠的田賦和徭役作為其物質基礎，需要有強大的軍隊作為其統治工具，而歷代封建統治者都在這兩個問題上遭到反復的失敗。所以他在統一中國之前便吸取前人的教訓，認為養兵數十萬坐食於農，是國家大弊。當他攻下南京之後，立即鼓勵將士就地屯田。明確提出：「興國之本，在於強兵足食」，「若其食盡資於民，則民力重困」，「諸將宜督軍士及時開墾，以收地利，庶幾兵食充足，國有所賴」。加以戰亂之後，不少地方民無定居，耕稼荒廢，糧餉缺乏。故朱元璋於建明之初便立軍衛法，制定軍隊屯墾制度。以後又下令邊境和內地軍隊一律屯種，並逐漸形成較前代大為完備的軍屯制度。明朝軍制一府設數所，數府設衛，每衛約五千餘人，衛所遍設於全國，每個衛所都組織屯墾。規定「每軍種田五十畝為一分，或百畝，或七十畝，或三十畝，二十畝不等。軍士三分守城，七分屯種，又有二八、四六、一九、中半等例。皆以田地肥瘠，地方沖緩為差」，配給一定數量的耕牛和農具。每屯地一分，徵收一分屯田子粒（即稅糧）。

明朝軍屯在組織和管理上有一套比較完備的體制。以屯為基本單位，一屯有若干戶。基礎組織是屯所，即屯田百戶所。屯之下設總旗、小旗。每屯有軍隊七八十名至百餘名。邊地的屯墾為了防禦敵對者侵擾，合幾個屯或幾個屯所建立屯堡。百戶所以上設千戶所（管三至十個百戶所）、指揮所（管二至五個千戶所）、都指揮。以上是直接辦理屯墾的機構。間接管理和監督屯墾的機構：行政方面，中央有戶部尚書，地方各級分別設承宣佈政使司、同知通判等；監察方面中央有都察院，各級地方分別設提刑按察使、屯田道等。

明朝軍屯於洪武（明太祖朱元璋年號）、永樂（明成祖朱棣年號）時期甚為鼎盛。洪武年間全國軍隊總數約一百八十萬，按「七分屯種」計算，直接參加屯墾的總數在一百二十萬人以上，當時軍屯田畝約八十九萬三千頃，佔當時全國田畝總數百分之十左右。所收稅糧據《明實錄》記載，最多的一年為永樂元年，收糧兩千三百四十五萬餘石，占當年國家徵收稅糧總額的百分之四十三。從以上幾個統計數字可見明初軍屯規模之大和它在強兵足食方面所起的作用了。但這種狀況不可能持久。因為封建統治者的軍屯，實質上是用極其粗暴的軍法管理方式，把屯種者束縛在土地上，進行奴役性的生產和剝削，可奏效於一時，而絕不能長久。洪武、永樂總共不到六十年，永樂以後屯墾漸遭破壞，屯政漸廢，終至名存實亡。

明初民屯主要是將無地貧民遷移至人少地多的地方屯種，分別編屯，派官提督。主要分佈於安徽、江蘇、山東、河北等地。其中較大規模的有洪武四年將內蒙、山西北部一帶的沙漠遺民三萬二千餘戶遷至北京，置屯二百五十四，開田一千三百四十三頃；山東一次移民五萬八千餘戶等等。明中葉後，民屯多設於北部邊地，往往招募流民和僉編土著民戶、士兵戶進行屯墾。除軍屯、民屯之外，還提倡商屯，鼓勵鹽商經營屯田，吸收邊地糧食。

清朝（1644 － 1911 年）建都北京。疆域西到巴爾喀什湖、楚河、塔拉斯流域、蔥嶺，北到唐努烏梁海、薩彥嶺，東北到外興安嶺、鄂霍次克海，東到海（包括臺灣及其附屬島嶼等），南到南海諸島，西到西藏、雲南。清朝推行「勸墾」政策。清朝人口猛增，清初人口不超過數千萬，至道光年間，即建朝不到二百年，人口便超過了四億（這個統計數字所反映的情況雖不完全真實，但人口激增是無疑的）。人口激增必然要求增加耕地。而開荒對清廷既可以解決耕地不足的困難，又可增加稅收。在清廷採取開荒若干年不納稅、給予少量移殖補助費和借貸部分生產資金等鼓勵辦法之下，大量人民移入墾殖區。清朝墾殖事業最為興盛，在四川、雲南、貴州、湖南、江西、臺灣等地都實行移民墾殖，新疆、東北更是大量墾殖地區。順治十八年至乾隆三十一年大約一百年間開墾荒地近兩億畝。但屬於屯墾開荒的不很多，大量開荒主要是採取一般移民墾殖的辦法。

有清一代墾荒業績顯著，但屯墾並不興旺。清初撥壯丁於曠土屯田，凡州、縣、衛無主荒地分配給流民及民兵屯種。道光年間曾大力推行屯田開荒，在中央和地方分設興屯道、廳，制定對興屯道、廳的考核獎懲制度，並規定農民耕種屯地三年後「永為民業」，以鼓勵農民參加興屯。由於租賦過重等原因，興屯開荒只推行了三年，興屯道、廳便撤銷，屯田變為民田。其後在邊疆和內地一些地方仍設軍、民屯，據屯田較多的雍正、乾隆年間的統計，當時屯田總數在四十萬頃以上。但除新疆等地的屯田外，屯墾經營管理不善，實效甚少，大量的屯田很快變成了民田。

新疆是清朝主要邊患地區之一。乾隆年間統一了新疆後，在新疆設軍屯、民屯，並移民墾殖。當時清統治者害怕回、漢兩族溝通，難於統治，民屯和移民都僅限於天山以北。同治年間爆發了中亞浩罕汗國軍事頭目阿古柏率兵侵入南疆，在新疆建立所謂哲德沙爾汗國，並由英國和帝俄支持分裂我國領土的戰亂。清收復全疆之後，為了加強邊防，設屯墾於天山南北。

東北為清朝設置軍屯之重要邊地，但駐軍大多有屯田之名而少有其實。清初因長期戰亂土地荒蕪，加之滿族大量遷入內地，關外人口銳減，清廷乃在遼東募民墾殖。以後統治者怕漢族大量遷入東北，不利於統治，從 1699 年至 1857 年一百五十多年間對東北實行禁封，限制和禁止漢族移入東北。但無地、失地漢人流向關外，墾殖謀生之勢一直難以完全阻擋。帝俄於 1854 年入侵東北，先訂《璦琿條約》，使中國喪失黑龍江以北及其下游，後訂《北京條約》，使中國再失烏蘇里江以東的地方，以後又有進一步侵略的計劃，外患迫於眉睫，清統治者才在 1858 年完全開放禁地，實行招墾，鼓勵移民東北，並設軍屯，以固邊實邊。當時水陸交通正在陸續開發，故黑龍江流域之墾殖事業發展很快。在我國封建王朝的屯墾史上，除有軍屯、民屯之外，還有商屯、犯屯（將犯人送邊地墾荒耕種），清末又有工商業資本家辦墾務公司和農場，隨著帝國主義的入侵，還出現了外國人辦的農場。對此，本文不一一詳及。

二、歷代屯墾的作用

歷代設立屯墾的目的和效果雖然不盡相同，但總的來說兩千多年來屯墾在鞏固國防、恢復和發展國民經濟等方面都起了巨大作用。其主要作用有：

（一）鞏固國防。我國幅員廣闊，邊疆地曠人稀，普遍設重兵防守，勢必軍隊龐大，軍費繁浩。而且邊地與內地相隔遙遠，古代交通不便，道路險阻，糧餉運輸異常困難。實行屯墾，可以充實邊疆的軍民力量，就地解決糧餉供應，減少糧食運輸。歷代出於國防需要的屯墾多設於：（1）邊患地區。我國歷朝邊患主要在東北、西北和北方，所以兩漢沿北方沙漠帶和長城設屯；東晉、南北朝沿邊界屯於江淮流域一帶；唐沿長城，在秦皇島、呼和浩特、包頭、五原、臨河、阿拉善左旗、靈武、武威一帶大興屯田；北宋在天津、保定、太原、綏德、延安、環縣一帶設屯；南宋屯於關中、褒城和兩淮一帶；清屯新疆；明朝南方不穩定、邊患不斷，在川、雲、貴大量興屯。這些都是因版圖和邊患不同而設。（2）要衝之地。遼寧、吉林、黑龍江三省地處邊隅，古代地曠人稀，兵少不能防守，而且交通困難，邊疆有警，調兵運糧十分艱難，且費時日。所以歷代大多設屯鎮守遼陽一帶，以控制遼、吉、黑三省。甘肅的張掖、酒泉是古代通往西域（新疆）的唯一大道。青海、西藏好幾個朝代是羌、吐蕃聚居之地，所以青海的河湟地區是安定西陲的要衝。這些地方都是設屯的地方。（3）京都周圍。統治者為了拱衛京都，往往設屯於京都周圍。如漢、唐定都長安（今西安附近），綏德、榆林、橫山、富縣一帶是扼守要地。遼、金、元、明、清建都北京，武清、香河、永清、山海關、居庸關（今河北昌平縣西北）、宣化、大同、太原和呂梁一帶成為重鎮。北宋都開封，山東東平以西、河南黃河沿岸及陝西黃河南岸並為重鎮。這些地方都設置了屯墾。這些屯墾的興廢對國防關係重大。如東漢兩廢哈密軍屯，兩次引起邊亂。唐朝在「安史之亂」時，將屯防於內蒙河套西北、甘肅西南部和青海樂都一帶的部隊調進關中，吐蕃便乘虛而入，攻佔青海樂都和甘肅西南部。明末因女真族（後改名滿族）騷亂，於遼陽、錦州大興屯田，滿族不敢進犯，後盡撤屯，滿族便得以破關滅明。類此情況，歷史上屢見不鮮。而且駐軍就地屯墾和將民屯設於離邊疆駐軍不遠的地方，可以大大減少用於糧餉運輸的人力和物力。

（二）亦兵亦農，可以起到強兵足食的作用。封建統治者為了鞏固其統治，需要經常保持足夠數量的軍隊。軍隊的給養如全取之於民，勢必民困國窮。有人有這樣的估算：「每師官佐士兵萬四千人，每人日需口糧二十兩，以每石米一百四十斤，每斤十六兩計，每日需一百二十五石，月需三千七百五十石，年需四萬五千六百二十五石。以每師需乘馬、馱馬、挽馬約三千匹，每馬日計需口料五兩，年需二千四百四十石。軍糧馬料，年需甚多。」實行軍屯，使軍隊就駐地屯墾，亦兵亦農，既能有助於解決軍隊給養，減輕國家和人民對軍隊的負擔；也能防止軍隊在和平環境中逐漸驕惰而喪失戰鬥力，是在和平環境中保持一支強大軍隊的一個好辦法。如明初國力衰弱，邊患未寧，不保持一支相當數量的軍隊，政權難以鞏固。但軍多費用浩大，國力難以維持。因此明太祖朱元璋從強兵足食出發，實行軍隊一律屯墾的制度，於明初下令二百萬軍隊百分之七十就駐地參加農業生產，稅糧收入最高的一年達到二千三百四十五萬餘石。雖然未全部解決軍隊給養，但在強兵足食方面起到了巨大作用。

（三）恢復和發展農業生產，增加糧食收入，在一定程度上起到「糧餉基地」的作用。歷朝之初，因為經歷長期戰亂，農業受到很大破壞，所以往往把屯墾作為戰後恢復和發展農業生產、解決糧食困難的一項重要措施。如東漢初年因戰亂與自然災害相襲，農業生產破壞極為嚴重，《後漢書》上有黃金一斤換豆五升的記載，有的軍隊以果實充飢。東漢光武帝劉秀為了解決國用和軍餉不足，先採取增收兩倍農業稅的辦法，由原來田租三十稅一改為十稅一，農民不堪極其殘酷的剝削，農業不可能得到恢復和發展。以後採取了讓軍隊屯墾和其他一些措施。不到三年，糧食大增，又恢復田租三十稅一的制度。三國時期魏的屯田，對強軍富國所起的作用相當大。漢末戰亂紛紛，農民大量死亡和流徙。中原地區耕地荒棄嚴重，出現「人民相食」的慘狀，軍隊缺糧，有的軍隊以桑葚、蒲螺充飢。曹操在此情況下，採納了棗祗的建議，在各州郡大興屯田，幾年之內，州郡糧食滿倉。明朝李贄在《藏書》中認為：魏「征伐四方，無運糧之勞，遂能兼併群雄」，「軍國富饒」，正是興辦屯田起的作用。

屯墾是有一定組織的人進行一定規模的墾殖，軍屯又是軍隊直接參加農業生產，所以屯墾在開墾荒野、築堰造田、興修較大規模的水利工程以發展農業生產方面所起的作用，較分散耕種的農民為顯著。如唐朝在江蘇淮安築堰禦潮、灌溉，使該地糧食收入增加十倍；在浙江嘉興一帶大興屯墾，興修水利，該地屯墾所收糧食相當於浙西六個州所得的糧稅（唐浙西指浙江西北、江蘇長江以南地區）；在甘肅武威地區軍屯僅幾年，所積糧食便足供該地區軍糧數十年，使當地糧價下降，由未辦軍墾時一斛粟售價數千下降為一匹絹換粟數十斛。明朝軍屯所收稅糧最高的一年佔全國所收稅糧總額百分之四十三，其軍屯和民屯成為重要的糧餉基地。以上這些，足見屯墾在發展農業生產、增加糧食收入方面的作用。

（四）開發邊疆，擴大耕地面積。歷代屯墾有相當一部分設在邊疆和內地未完全開發的地區，因此歷代屯墾中幾乎都有一部分是開荒屯種。但歷代版圖不同，屯墾的情況又不斷變化，許多地方墾而復荒，荒而復墾。在已查閱的史籍中未能查到屯墾淨增加耕地面積的數字。歷代在邊疆和未完全開發的內地進行較大面積的開荒、圍田屯墾時，往往興辦水利、交通、倉庫等基本建設工程。如漢朝在蘭州屯田、修繕郵亭、疏通溝渠、修建道橋等，共七十處。晉在安徽開渠辟田萬餘頃。唐在遼寧開築道路，整理村落，修建橋樑，補葺堤堰，修坡修塘，經營屯田。宋在湖北秭歸至漢口築堰營田，募民耕種二十七屯，增加耕地十八萬餘頃。元在昆明泄水得良田萬餘頃。明在寧夏修築漢、唐舊渠，引水溉田，開屯數萬頃；在各千戶所建立糧倉。清在新疆天山南北修築道路，興修水利，所屯種的幾十萬畝耕地，大部為新墾荒地。這些基本建設工程不僅使耕地面積增加，而且對開發邊疆和開發內地未完全開發之地，以及改變少數民族以遊牧為生、刀耕火種等落後的生產方式等方面，都起到一定的作用。

（五）依靠屯墾的力量，改善生產條件，改進耕作技術。實行屯墾有利於進行較大規模的農業生產基本建設，這一點前邊已講到。依靠屯墾的力量進行修渠、築堰、排水等水利建設工程以改善生產條件歷代都有，除前邊講到的以外，還有不少。如西漢在甘肅修渠灌溉；曹魏在淮南北修渠，上引河流，下通淮穎，穿渠三百餘里，溉田二萬頃，使淮南淮北相連接；南北朝時梁在河南築堰灌溉田千餘頃；唐朝先後在內蒙、甘肅、青海開渠屯田，在河南築堤防水；宋朝在甘肅整修漢、唐舊渠，引水灌溉；元在陝西涇陽鑿石修渠等等，不一一列舉。

在改進耕作技術方面，如明朝河北北部不種水田，天津周圍大片田地因碱不生長作物而撂荒。一個官員在天津一帶募民屯種碱地，試驗開溝引水洗碱的辦法，畝產四五石。以後由政府在天津至山海關收買農民碱地並開墾荒地，共十八餘萬畝，招遼人三千戶，派軍隊二千人去屯種，興修水利，教以洗碱和種植水稻的技術，糧食收入相當可觀。

（六）調節人口和耕地的比例。歷代都是在長期戰亂之後建朝。建朝之初和在國內發生大的戰亂之後，一些地區人口大量死傷、逃亡，土地無人耕種；另一些地區又因難民大量流入，人口過剩而耕地不足。統治者往往採取在人多地少的地方募民往人少地多、耕地大量撂荒的地方屯墾，以調節人口與耕地的比例。如明末清初，農民戰爭和民族戰爭造成遼河流域三百萬畝耕地荒蕪，無人耕種，清初便實行遼東招墾，鼓勵關內人民移殖遼寧。在和平環境中，有些地區因人口增長造成耕地不足，也需要用屯墾的辦法移民於人少地多的地區。如清朝新疆的屯墾既是出於國防需要，也是出於調節人口、耕地比例的需要。歷代屯墾中，屬於這種性質的為數不少。

（七）有利於安置復員士兵。自漢迄清，士兵「解甲歸田」，幾成定例。戰爭結束，大批士兵復員，需要妥善安置。將士兵有編制地調往可開墾的地方，使之墾種，一二年後再移送其家屬於墾區。封建統治者認為這個辦法既有利於發展農業生產，又可防止復員士兵因安置不妥而發生暴動反抗。

三、歷代屯墾所提供的一些經驗教訓

封建統治建立在剝削和奴役勞動人民的基礎之上，而且豢養一大批旨在搜刮、吞食民脂和國庫的勳貴和官豪勢要。封建社會發展的結果，是原來屬於國家所有的土地，大部分變為勳貴和官豪勢要的私產；原來為國家服役、向國家納糧的農民，大量淪為勳貴和官豪勢要的私役。屯墾的情況也不能例外。因此封建社會的屯墾事業不可能長久興盛，這是其政權性質和政治制度所決定的。但如果將封建社會的各個朝代和每一個朝代中的不同時期作比較，則盛衰興廢有所不同。僅據所翻閱的資料來分析，歷代屯墾的盛衰興廢除政治這一根本原因之外，還可歸納為以下幾點帶有共同性的主要經驗教訓。

順應客觀形勢需要，重視屯墾事業，屯墾就比較興盛。漢以來，歷代統治者對屯墾都給予一定的重視，也都興辦了屯墾。但是重視的程度不同，屯墾的盛衰也就不同。歷史上有許多屯墾是出於一時、一地、一事的迫切需要，或因邊防，或因戰爭，或因恢復和發展農業生產而設。統治者也只把屯墾看作是一種解決一時、一地、一事的困難的措施，往往在達到目的、解決困難之後便行廢屯。對屯墾的重視程度往往取決於對屯墾依賴的緩急。匈奴之患急，西漢便創立屯墾，並多次設置幾萬人以上的大規模屯墾。東漢之末，許多地區的農業生產因連年內戰造成很大破壞，魏、蜀、吳三國又處於長期對峙作戰中，所以三國的君臣都十分重視屯墾。蜀相諸葛亮、大將軍姜維率軍屯田，魏尚書鄧艾親自組織五萬人的民屯於兩淮，吳上大將軍陸遜令駐守江淮將士增廣農畝。而魏所在之中原地區受戰亂之害最甚，依靠屯墾以恢復農業生產至急，故其屯墾在三國中最盛。三國以後，兩晉、南北朝的一些朝代和隋、唐、遼、金、元，不僅從一時、一事、一地之需，而是從建立亦兵亦農的軍事制度來規定屯墾的設置，所以在制度上、規模上都優於前代。唐朝先後以婁師德、張九齡、元載三位宰相兼任掌管屯墾的官職。但這些朝代並未把屯墾作為解決軍需國用之大計，故其亦兵亦農的兵制並未普遍認真實行，或不能持久實行。明帝朱元璋出身農民，曾熟知民間疾苦，他總結了過去幾個朝代失敗的教訓，提出「興國之本，在於強兵足食」，「若食盡資於民，則民力重困」的觀點。建明之後，他在敕天下衛所屯田令中又強調「養兵而不病於農者，莫若屯田」，「若使士兵坐食於農，農必受敝，非長治久安之術」，進一步把屯墾看作是維護國家統治的一項根本制度。他曾先後讓兩個兒子率河南、山西的衛軍到內蒙築城屯田，一個兒子去遼寧、一個兒子去甘肅領導軍屯。明成祖朱棣繼承了他的思想，認為在和平環境中如果讓百姓供養軍隊，則百姓轉見艱難，軍隊轉見驕惰。一旦百姓供給不足，軍隊就得坐受飢餓，所以最好的辦法還是屯墾。由於明統治者如此重視屯墾，所以它的屯墾規模與效果為歷朝之冠。屯墾所收稅糧永樂元年佔全國總稅糧百分之四十三強。而宋朝因為不重視致力於國家武裝力量的強盛，對屯墾也就沒有足夠的重視，致使雖有屯墾之名，而少有屯墾之效。

就每一個朝代來看。一個新的朝代的建立，都是在長期戰亂之後，國家的經濟，尤其是農業生產的恢復和發展，都不同程度地仰賴於屯墾，而且歷代開國的君王大多奮力於國家的興旺。所以一般的規律是各朝在建朝之初重視屯墾，屯政較興盛，以後經濟好轉便不如前之重視屯墾，便逐漸衰敗。

（二）邊遠地區的屯墾，需要有足夠的武裝力量，否則不易立足。由於屯墾對鞏固邊防有重大作用，所以常遭敵對一方設法騷擾和破壞。或者調遣大軍侵佔屯地，屠殺屯軍、屯民；或者輕騎劫掠，擄走屯軍、屯民，踐踏耕地，搶走禾穀、耕牛和農具，使之不能正常耕種而撤屯。兩漢時重軍主要駐防在近邊和內地，新疆遠邊地區只派為數不多的軍隊屯墾設防，屯墾屢為匈奴所騷擾、破壞，曾幾屯幾撤。所以遠邊孤立的屯墾不易久存。封建統治者接受這一教訓，使邊地屯墾連成線，以形成一定的武裝保護力量。如唐在榆林、綏德、橫山一帶的屯墾，宋在遼寧西部、河北東部一帶的屯墾，元、明在雲南和貴州的屯墾，形成一線，較有效地起到邊防作用。但即使已連成線的屯墾，如果交通隔絕，援應困難，也有遭摧毀之虞。唐朝「安史之亂」後，吐蕃攻佔甘肅東南和青海樂都一帶，切斷了內地和甘肅西北部的聯繫，使軍民在河西走廊和新疆經營三十多年的屯墾毀於一旦。清在平定同治年間持續十四年之久的分裂新疆的戰亂後，總結過去屯墾的經驗教訓，在天山南北遍設屯墾，修築路道，溝通交通，募民墾地，助民治水，軍屯、民屯從線到面，形成比較強大的力量。其後雖有帝俄的侵擾而未能使新疆分裂。

（三）土地和勞動力是屯墾必需具備的兩個最基本條件。統治者要維持屯墾的興旺，就必須保證屯墾有一定數量的土地和勞動力。官豪勢要為了擴大自己的權力和財富，又必然要破壞屯墾，將更多的土地和勞動力據為己有。而大多數屯墾遠離中央，朝廷鞭長莫及，更為勳貴和官豪勢要專擅枉法提供了有利的條件。因此擅自差役和侵佔屯田幾乎是隋、唐以來歷代屯墾的通弊。為了保護屯墾的土地和勞動力，隋、唐、元、明、清等朝都明令禁止侵佔屯田，禁止對屯軍、屯民擅派公差雜役，但都遭到勳貴和官豪勢要的反抗。明朝禁役、禁佔屯地與擅役、擅佔屯地的鬥爭十分激烈。

（1）擅派公差雜役是勳貴和官豪勢要層層強加於屯軍、屯民的一種殘酷剝削。由於屯墾尤其是軍屯，較之一般農民耕種更具強制命令的特點，所以屯軍、屯民受強迫派公差私役之害十分嚴重。差役名目繁多，公差又有銀差和力差。銀差有草料、席墊、椿棚、採辦、養馬、買馬等等；力差有養馬、採薪、燒炭、採草、修工事、修渠、修路、運輸等等。私役有替大小官員和權貴勢要種田、採薪、燒炭、煉鐵、伐木、製作器具、充僕從、作商販等等。各種公差私役不一而足。銀差繁重，無力交納，積欠累累，便被迫棄地逃亡；力差和私役既多，屯種的勞動力不能保證，耕種遂違農時。因此早在隋朝就規定對屯墾減免雜役，明朝對禁役更是三令五申。朱元璋在親自編寫的《大誥武臣》中有好幾條是嚴懲私役軍人的。洪武二十年，軍屯制度還未完備時，朱元璋就規定了屯軍免一切差役（包括銀差和力差）。十八年之後，即永樂三年，明朝又進一步具體規定對屯軍「一錢不許擅科，一夫不許擅役」。又十九年之後，永樂二十二年，重申「禁所司擅役屯田軍士」，違者以重法。僅隔十年，宣德十年又申令「一軍不許擅役，一毫不許擅科」。禁令如此頻繁地反復重申，一方面固然足見明統治者對禁止擅派差役的重視和決心，另一方面也可以說明禁令被勳貴官豪違抗、破壞，不得實行，才有一再重申的必要。擅派差役在朱元璋洪武年間就有，由於管理嚴格，受到一定抑制。洪武之後四十年，英宗時，一個算不了什麼大官的中都留守和副總兵就私役軍士三百人，一個貴戚私役軍士一千多人。大同一個鎮一次就查出役佔官軍一萬多。明中葉憲宗時（緊繼英宗之後）南京各衛軍士實計十五萬，各項差役幾乎佔全部軍士的一半。屯墾的勞動力如此被佔用，屯墾不可能不衰廢。

（2）勳貴和官豪勢要侵佔吞奪土地是封建社會的通弊，所以屯田被佔幾乎歷朝都有。佔侵的手段很多：仗勢侵奪佔種；互相包庇，暗佔屯田，或將屯田劃為非屯田；暗將瘠薄田地抵換肥沃屯田；擅派苛重的差役，迫使屯軍、屯民不堪耕種而獻地或棄地逃亡，然後吞佔之；霸佔水利使屯田無法耕種而吞佔之；於屯軍、屯民因缺乏耕牛等生產資料而棄耕後，吞佔之，等等。巧取豪奪，作弊枉法，使屯田逐漸轉到官豪勢要、巨室豪富手中，大量屯軍、屯民淪為奴僕、佃戶。在屯政最盛的明朝也不例外。《明史．食貨志》記載：「自正統後，屯政漸弛，而屯糧猶存三分之二。其後，屯田多為內監軍官所佔奪，法盡壞。憲宗之世，頗議厘復。而視舊所入，不能什一矣。」（正統為英宗年號）就是說，憲宗時軍屯收入的稅糧已不到明初的十分之一了。據史料記載：一個鎮守甘肅的太監就佔種軍田一百餘頃，私役屯軍九百多人，管理屯田的官員佔地更普遍，以至有一個小小的百戶官竟佔屯地一千二百餘頃。西安四個衛所原有屯軍二萬四千人，田二萬餘頃，至明末崇禎時已盡歸豪富。侵佔屯地就必然要私役軍士為其耕種，私役軍士又勢必造成更多的屯地被佔奪，反復相因，屯墾的土地、勞動力不斷喪失。明朝的統治者很重視維持屯田的原額。洪武、弘治年間先後規定：「凡用強佔種屯田五十畝以上不納子粒者，問罪，照數追還。完日，官，調邊衛帶俸差操；旗軍軍丁人等，發邊衛充軍；民，發口外為民。」「若侵種不系用強，或不及五十畝者，依侵佔官田問罪，照常發落。」這些規定在紀律比較嚴明的洪武年間起過一定的抑制作用，但也並未能遏止侵佔的趨勢。宣德年間（宣宗年號，宣宗於建明五十八年稱帝）侵佔已經相當嚴重。正統、景泰年間又重申禁令。弘治年間除再申禁令外，又鑒於禁令不能貫徹執行，進而提出清查屯田的具體措施。弘治、正德、嘉靖幾代都不斷派出官員清查屯地和追回被佔的屯地，也都遭到官豪勢要的反抗與破壞。萬曆年間神宗下決心整頓，用了兩年時間對全國屯地進行較徹底的丈量，終因積弊至深，無法挽回。

（四）經營管理是決定屯墾成敗的一個關鍵。唐以前的屯墾大多是為一時、一地、一事而設，少有長久之計，不重視建立經營管理制度。唐的屯墾事業雖然有較大的發展，屯墾制度和管理機構也較前健全，但對經營管理並未十分重視。宋朝因為經營管理不善，屯墾費用浩大，所收糧食甚少，因「入不償費」，由皇帝下詔撤屯的就有多處。明太祖朱元璋、成祖朱棣為了保證軍屯的經濟收益，十分重視屯墾的經營管理，建立了比較健全的管理機構，制定了較為詳備而嚴格的管理制度，因而屯政最盛，屯效最大。但是即使是對經營管理重視的明朝，也因為經營管理制度上的種種問題而加速了屯墾的衰廢。主要有以下幾個問題。

（1）稅收、地租政策直接影響屯墾者的積極性，關係到生產能否持續進行。為解決一時、一地、一事之急需而興辦的屯墾，不論新開荒地或熟地屯種，統治者一般都採取輕賦稅的政策。如晉朝屯種熟地第一年不納稅，第二年納半稅。唐以後的屯墾，相當大的一部分是作為兵制的常制和為解決軍需國用而設，各朝並非對一切屯墾都實行輕賦稅的政策。如遼、金、元、明的軍屯，稅糧都相當重。遼、金、元強制漢族軍士屯墾，實質上是把軍屯作為奴役人民的一種特殊剝削手段。對在荒地屯種的民屯，歷代稅收都有所減免。荒地開墾後若干年不徵稅，甚至有永不起稅的，均視各朝不同時期、不同地區和對屯墾需要的迫切程度而定。唐朝募民屯墾於要衝之地，清朝募民屯東北，都曾實行五年不徵稅。明朝在甘肅募民屯墾，有的地方十年不徵稅。在賦稅減免政策之下，許多無地或難以為生的貧民，不惜離鄉背井而應募屯墾。封建統治者除利用稅收政策鼓勵屯墾外，有的朝代如明、清對軍屯還實行物質獎懲政策。清乾隆時對新疆軍屯實行物質獎懲，如伊犁地區每人收穫糧十八石者，官升級，兵賞一月菜錢；達到廿八石者，加倍獎賞；不到十三石者，官革職，兵施罰。儘管各朝對屯墾範圍不同、程度不同地採取了輕賦稅的政策，因而對屯墾起到一定的推動作用，但所定的稅收政策並沒有完全兌現，或沒有貫徹始終，有的增加稅額，有的提前徵稅，有的永不徵稅的也徵收了。而這些屯地有的沙鹹瘠薄，有的氣候條件不好，又都缺乏水利，易受自然災害侵襲，收成難以保證。這樣就使得許多屯軍、屯民因無力納稅而逃亡，也使未屯墾者聞而生畏，不敢應募，以致一些地方招墾，應募者很少。

稅收制度不合理是導致明朝軍屯由盛而衰和清朝興屯

失敗的原因之一。明朝軍屯的稅收制度是屯種一分地，交納一分屯田子粒（稅糧），雖遭災傷，不能減免。明朝規定一分地為五十畝，因其肥瘠不同而增減，肥沃的地可減至二十畝，瘠薄的地可增至一百畝。每一分地的稅糧最初規定為正糧十二石（收貯屯倉，聽本軍使用），餘糧十二石（上交國庫，供本衛官軍俸糧），共二十四石。後因稅糧過重，屯軍難以交納，便將餘糧減半為六石，正糧、餘糧共交十八石。土地不僅有肥瘠不同，而且有遠近、連片與零星分散之別，肥沃而便於管理的連片近地與瘠薄而不便於管理的零星遠地，在勞動強度和收成量上差別很大。而每分地收糧十八石是以條件較好的土地為標準而定的，大部分土地不易達到。尤其是許多屯地缺乏水利和其他耕作條件，收成無保障。制度規定，不管欠收、無收，一律一分地納一分糧，勢必造成不少屯軍無力納糧，而負債棄地逃亡。明朝統治者為了保證稅糧收入，定有屯田賞罰制度和「限屯坐軍」制度。賞罰制度規定交納稅糧多於十八石者依所納糧食多寡和官職大小分等賞給錢、糧（官越大受賞越多），少於十八石者也分等罰薪（官越小受罰越重）。所謂「限屯坐軍」就是由各屯全體軍士共同負責交納本屯稅糧，如果一個屯中有屯軍逃亡，逃亡屯軍應納的稅糧就要由本屯軍士共同賠補。這些不合理的稅收制度，造成了嚴重的惡果：逃亡愈多，賠補愈重；賠補愈重，逃亡愈多。明朝中葉隆慶年間，一個衛所中只有十分之一的人能交足稅糧，十分之四的人賠補，十分之五的人因欠糧而逃亡。

清初為了墾殖荒田、增加稅收，曾大力興辦民屯。在公地、無人耕種地和納稅的有主荒地上招民屯種。屯民租賦苛重，較民田高出數倍至二十餘倍。屯民無法維持再生產，往往今年招來，明年便逃亡。而在清廷對各級管理興屯的官員規定有考核獎罰制度之下，官員為了升遷，肆意捏造虛冊以邀功。屯民逃跑了便「以法勒其鄰農」，「奪民熟田捏充開荒，及墾少報多令民包納」。如河南省輝縣兩任知縣共捏報墾地達一千餘頃。虛報地之租稅又攤派於屯民，便有的地方屯民賦稅五倍於前。結果造成屯民不斷大批逃亡，耕地大量復荒。推行興屯開荒政策僅三年便廢止。

（2）生產資金和生活資金能否合理供給也是影響屯墾盛衰的一個因素。歷代屯墾對生產資金和生活資金的供應，做法不一。同一朝代也因時、地不同而異，而且軍屯、民屯又有區別。唐以前的軍屯，屯墾開始時所需的全部生產資金和生活資金，諸如耕牛、農具、種子、房屋和其他創業資金以及一至三年的生活給養，大抵都由國家供給。唐以後有所改變：耕牛只按一定比例配給，不保證需要；農具和種子由政府供給或借貸。民屯更不一致，有全部供應生產和生活資金的，如漢文帝募民屯邊時，生產資料、防禦設施均由政府提供，衣食也供給到屯民能自給為止。有全部或部分供給生產資金的。還有貸給部分生產資金在日後收回的。總之，歷代對生產、生活資金的供給極不一致，供給能否合理、及時，對屯墾影響很大。

以明朝耕牛的供給為例說明。

耕牛是當時的重要生產資料。明屯墾制度規定由政府供給。從零星史料記載看來，耕牛分配比例各衛不大一致，可能是內地和南方各衛（土質較好，每分地畝數少）每屯田一分配給耕牛一隻，北邊沙瘠地（每分地畝數多）每屯田一分配給牛二隻。但並不是都按這個比例分配。有的屯軍沒有領到，有的沒有如數領到。如數領到的，日久，耕牛有的死亡，有的被敵對一方搶走，有的被屯官吞沒。耕牛死亡，按規定由政府調運供應，屯軍出錢、糧買補。但大多數貧軍無力買補，政府調運供應也失時。於是屯牛日漸減少，以致嚴重不足，而影響生產。洪武時全國屯地總數不少於六十三萬頃，屯牛總數為二十五萬五千六百餘隻，約兩頃半地才有一隻耕牛。遼東地區軍隊屯田二萬五千二百七十餘頃，屯軍四萬五千四百餘名，屯牛一萬三千八百餘隻。其比例約為兩頃地一頭牛，三個多屯軍。按此比例耕牛已不敷用。到了弘治年間，前後約一百年，屯牛減少二分之一以上。又經八十餘年，萬曆年間近六百畝屯地才有一頭耕牛。山東地區的軍屯，萬曆年間四千六百多畝地才有一頭牛。耕牛如此不足，屯軍只得減少耕種面積，但稅糧仍然要按所分耕地原數繳納。繳納不足只得拖欠，拖欠積累，無力償付，便只好逃亡。

此外，歷朝對於水利、道路等基本建設資金的供應制度，大抵是較大的工程由國家投資興辦，較小的水利、道路等基本建設的資金，大多不予供給。明朝軍屯制度規定水利由屯軍自理。屯軍、屯民無力自修水利、道路，造成不少屯田因缺乏水利灌溉而棄耕，因缺乏堤堰而被沖坍、淹沒，因交通阻塞，接應困難而撤屯。

（3）軍屯的田地原屬國家所有，不應允許「轉佃」、「出賣」，也不應父子相傳，成為私產，否則屯墾必遭破壞。宋、金、元、明、清都出現佃賣軍隊屯田，使軍屯田地變為私田的情況。金、元、清尤為嚴重，這三個朝代都是北方少數民族稱帝，在其建朝之初都撥地給其民族的軍士屯種，素習遊牧之軍士不能耕種，許多人把撥給的屯地轉佃、出賣給他人，使大量軍屯田地很快變為私產，破壞了屯墾。

明清對屯地「轉佃」在制度上也並沒有明文禁止。屯軍因屯地遠隔，不能自理（如山西保德一個衛的屯地在相隔五百里的忻縣，福建汀洲一個所的屯地在江西信豐縣），或者因為力薄不能自耕，或者因怠惰不願耕種，而將地轉佃於人，徵收地租，以上交屯田稅糧。這種轉佃弊端很多。有的屯軍因丟失「信物」（轉佃時的證明物）和其他原因，向承佃人徵收不到地租，就無法上交稅糧；有的屯地轉佃日久，被豪強仗勢佔據，這樣屯軍就只得逃亡。轉佃屯地還有出於以下情況的：屯軍逃亡、升調之後，遺下的土地為其他屯軍佔據而召人承種；軍官擅派屯軍私役，將被役屯軍的屯地召人承種。這種轉佃，承佃人大多是強迫的。屯田派佃於貧弱農民，力不逮者，勢必使原種的民田和承種的屯地都減少生產，甚至拋荒，而造成稅糧拖欠，屯政廢弛。承佃者如為權勢之戶，又為其營私舞弊，從中漁利，將屯田化為私田大開方便之門。

至於典賣屯地，本來是明令禁止的。朱元璋於建明之初制定《明律》時，就吸取金、元兩朝因典賣屯地而破壞軍屯的教訓，明確規定嚴禁典賣，犯者治罪發落，屯官所管屯地發生盜賣者要問罪。嘉靖年間（明世宗年號）又重申禁令。但這些律文並未能，也不可能阻止屯軍因不堪稅糧、差役和缺乏生產資料之苦，而甘冒治罪，將屯地典賣，因為這實質上是被壓迫、被剝削的屯軍對封建統治者的一種反抗鬥爭；也無法遏止屯官和官豪勢要為謀私利而買賣屯地之風。孝宗時兵部尚書馬文升上書反映：「屯軍俱各摘出應役，屯地多為勢家侵佔，或被軍士盜賣。徵糧之數，多不過三分。」可見孝宗時屯地已十之七八被侵佔、盜賣。孝宗下令「逐一清查」，但盜賣之風未稍歇。嘉靖時世宗竟批准了「查復屯田，止令首正還主，價不入官，人不治罪」的奏請，對典賣屯地不予懲治，更助長了盜賣之風。

對軍屯的土地，明初規定不准轉移，不准買賣，屯軍因調動、老病等不能耕種時必須交還。按規定，軍屯賦稅較民田高，但沒有民田上的徭役；民田是民戶的土地，可以父子相傳，可以買賣，其賦稅較軍屯低，但負有各種徭役。可是由於佔種、轉佃、典賣屯地等等違法之風日盛，軍屯的土地已逐漸「民田化」。及至隆慶年間，政府規定凡是承種的人，一律「給與執照，世為已業」，即允許父子世代相傳，永歸私有。明末崇禎時，又進一步允准「無論軍種、民種，一照民田起科」。這就無異於把軍屯的土地完全變為私人所有的民田了。當時統治者之所以改行此制度，據史料分析，主要是因為屯田被佔，屯軍逃亡，屯地拋荒，稅糧減少，致使軍隊糧餉嚴重虧缺。在此情況下，先後有人提出「屯田之設，本在足食。糧苟不虧，斯已矣，何必軍乎？」和「無事屯田之虛名，而先計墾田之實利」等主張。這種只求獲得賦稅便不問佔種、盜賣，不管用什麼形式、由什麼人耕種的主張，也竟被採納和實行了。

明朝逐漸從制度上允許「轉佃」、「典賣」、「世為已業」和「一照民田起科」，這樣就使軍屯的土地逐漸變為個人私有的民田，嚴重破壞並最終廢棄了軍屯制度。

（五）邊疆地區往往是少數民族聚居的地方，封建統治者造成民族之間的隔閡很深，而且少數民族怕屯墾侵犯他們的利益，所以在邊疆屯墾，民族關係是一個十分重要的問題。民族關係處理不好，就要影響到屯墾的存在與發展。以清為例：在甘肅、青海，清初蒙族南遷至黃河河源一帶，與聚居於此的其他少數民族互相侵擾、攻殺，使這一帶地區的屯墾無法立足。在內蒙，光緒、宣統年間開墾草原，蒙族深恐牧區日益縮小，以為大患而反對。在新疆，由於清統治者對回族的殘酷壓迫和回族封建首領、外國侵略者分裂新疆的活動等各方面原因，造成回、漢兩族互相殺戮，屯墾遭受嚴重破壞。

（六）設屯不當，生產、生活條件不具備，自然災害危害，使屯墾不能久存。因強兵富國足食和實邊而設之屯墾，本來大多是為比較長遠之計而設立的。但統治者往往只重設屯之需要而不大考慮屯墾之能否長久立足，故或因土地瘠薄難以耕種，或因缺乏水利設施屢遭自然災害，或因交通不便生產資料難於及時供應，或因移民難於習慣屯地生產生活條件等原因，屯墾難以長久立足。對自然災害破壞屯墾，史籍多有記載。我國古代科學不發達，抗禦自然災害的能力很小，統治者又不供給屯墾以必要的水利建設資金，故江河兩岸濱海地區和西北地方的屯田常受水沖、沙壓等自然災害襲擊，屯軍、屯民往往因無力抗禦而喪失屯地或棄耕。摘引明朝南直隸巡按御史方日乾和總理九邊屯田僉都御史龐尚鵬分別對當時南京、陝西屯田的敘述於後，可見一斑。「南京各衛所屯田，大半附江。原無高堤捍禦江流，只靠沿堤栽插柳樹，潮水一漲，漫不可支。年復一年，江形漸移。附近田土，漸次坍沒。其未沒者，江潮往來，亦成廢地。」對於陜西的一些屯田是這樣寫的：「一望黃沙彌漫無際，寸草不生。猝遇大風，即有一二可耕之地，曾不終朝，盡為沙磧，疆界茫然。至於河水橫流，東西沖陷者，亦往往有之。」新疆地區沙害更為嚴重，而且賴以灌溉的山上融雪往往匯成水害，而沿內陸湖的屯地又因地勢低下，風沙填積，造成河流變位。所以新疆的屯田，有的長埋沙漠，有的因河流變遷，無法灌溉而棄耕。

綜觀歷代屯墾歷史，自西漢以來，歷朝處於固邊實邊，恢復和發展農業生產，強兵富國，調節人口和耕地比例，安置復員官兵和流民等等目的，幾乎都興辦了不同規模的屯墾，儘管各種屯墾的盛衰成敗不同，但都為我們提供了有益經驗和教訓。曹魏屯田和明朝軍屯之興盛和由盛而衰，清初興屯之失敗，一些朝代有屯墾之名而少有屯墾之實，等等，其經驗教訓，都很值得我們認真研究和借鑒。

一九七八年整理

參考引用書目

1. 《漢書・鼂錯傳》
2. 《晉書・食貨志》
3. 《魏書・食貨志》
4. 《新唐書・食貨志》
5. 《通典》，轉引自張君約著《歷代屯田考》
6. 張君約著《歷代屯田考》
7. 《宋史・食貨志》
8. 《文獻通考・田賦考》，轉引自唐啟宇著《歷代屯墾研究》
9. 唐啟宇著《歷代屯墾研究》
10. 《元史・本紀》
11. 《元史・兵志》
12. 《元史・食貨志》
13. 張霄鳴著《中國歷代耕地問題》
14. 《明實錄・太宗實錄》，轉引自王毓銓著《明代的軍屯》
15. 王毓銓著《明代的軍屯》
16. 《明史・劉基傳》
17. 《續文獻通考》，轉引自張君約著《歷代屯田考》
18. 《明會典》，轉引自王毓銓著《明代的軍屯》
19. 馮柳堂著《中國歷代民食政策史》
20. 《後漢書・光武帝紀》
21. 《新唐書・李承傳》
22. 李翰《蘇州嘉禾屯田紀績頌》，轉引自張君約著《歷代屯田考》
23. 《舊唐書・郭元振傳》
24. 《漢書・趙充國傳》
25. 《晉書》

26.《宋史·孟珙傳》
27.《明史·寧正傳》
28.《明史·神宗紀》
29.《明史·汪應蛟傳》
30.《皇明經史文編》
31.《皇明經史文編》的潘湟《請復軍屯疏》，轉引自王毓銓著《明代的軍屯》
32.《明史·仁宗紀》
33.《明實錄·英宗實錄》，轉引自王毓銓著《明代的軍屯》
34.《明實錄·憲宗實錄》，轉引自王毓銓著《明代的軍屯》
35.《明史·林聰傳》
36.《大明會典》，轉引自王毓銓著《明代的軍屯》
37.《明實錄·太宗實錄》，轉引自王毓銓著《明代的軍屯》
38.《江西賦役全書》，轉引自王毓銓著《明代的軍屯》
39.《皇明經史文編》的龐尚鵬《清理固原屯田疏》
40.《明律》，轉引自王毓銓著《明代的軍屯》
41.《明實錄·孝宗實錄》，轉引自王毓銓著《明代的軍屯》
42.《明實錄·世宗實錄》，轉引自王毓銓著《明代的軍屯》
43.《皇明經史文編》的龐尚鵬《清理薊鎮屯田疏》，轉引自王毓銓著《明代的軍屯》
44.《明史·畢自嚴傳》
45.《皇明經史文編》的《原疏》，《亭林文集》的《田功論》，均轉引自王毓銓著《明代的軍屯》
46.《皇明經史文編》的方日乾：《興利救弊以裨屯政疏》，龐尚鵬：《清理延綏屯田疏》，均轉引自王毓銓著《明代的軍屯》

十年悟宗旨，「春育」解混元

轉眼已十年了。十年之前，于秀春老師、趙維爽老師和我，隨北京形神莊氣功輔導站派出的教功組剛剛結束在上海的教功，準備繼續往杭州辦班時，突然接到通知，讓我們速赴石家莊。我們捉摸不清如此緊急讓我們去幹什麼，到達目的地才知道：鑒於智慧氣功在祖國大江南北的許多市、縣推廣，普遍收到很好的練功效果和社會效益，許多地方紛紛請求龐老師派人去教功，因此，興辦一所學校，系統地傳授智慧氣功理法，培養智慧氣功的骨幹，已成為廣大群眾的要求和發展智慧氣功事業的需要。當時石家莊已有多年推廣智慧氣功的基礎，於是龐老師決定在石家莊創辦智慧氣功進修學院（後改名華夏智能氣功培訓中心）。當我們抵達時正趕上開學，我們三人就和石家莊的老師一起成了建校之初的第一批工作人員。

那時，我被分配在進修部（相當於現在培訓中心的教練員班）負責資料和功理輔導。進修部第一期和第二期的功理課都由龐老師親自講授，老師和學員一塊聽，也可以說是師生同步學習。智慧氣功的宗旨，是每一個學員必須知道的，每期功理考試都有這道考題。可是我自己對智慧氣功宗旨所指出的實現目標「變人類自然本能為自覺智慧，使人類從生命的必然王國走向自由王國，促進人類文化向更高級階段躍遷」這幾句話的真正涵義並不懂。對混元氣理論的許多內容的理解也如此。所以，弄不好就領會錯、說錯。建校的第二年，龐老師在進修部首次簡單地講述了他創立的意元體理論的部分內容，講了什麼是意元體、意元體的性能等等。大家聽了既新奇又興奮：原來自己頭腦裡有這麼個功能巨大的意元體！龐老師還讓大家多練龍頭動作，體會頭向兩側擺動時頭內的交叉點。於是，有一陣老師們自發地集體認真練起龍頭動作，體會、揣摩交叉點，以為體察到交叉點就是找到了意元體，功夫就大長。龐老師知道了，說：「意元體不能找，刻意去找找不到，讓大家練龍頭體察交叉點是增加那個住置的氣。」後來，龐老師繼續給大家講意元體理論，說現在人類的意元體是偏執的意元體。大家又懵了：意元體功能那麼好，怎麼又成了偏執的呢？我們哪裡懂得龐老師是一步步地讓我們知道目前人類的意元體正處於偏執狀態，需要我們自覺努力修煉，使意元體恢復靈明之性，才能發揮出其巨大作用，從而實現智慧氣功的宗旨。

聽龐老師的課多了，逐漸認識到智慧氣功是一門嶄新、尖端的科學，智能氣功事業是偉大而艱巨的事業，而面對當時我們石家莊學校的簡陋狀況和老師們的整體素質，我憂慮怎能負此重任！我向龐老師講了這一疑慮。龐老師深情而堅定地回答：就是這麼一條破船，這麼一批人，最後也一定能到達目的地。我為龐老師的回答深深感動，然而對怎能一步一步地抵達彼岸仍心存疑問。

回顧建校以來的歷程，不到十年的時間，從工作人員只有 20 多人，學員不足 300 人，發展到今天如此的規模，固非始料所能及，而更令人振奮的則是人們氣功意識的深刻變化。

智慧氣功科學的基礎 —— 混元整體理論，是超常智慧對主客觀世界的認知，它不但涉及多學科的高深理論，而且不少內容與現代科學理論相悖，加之否定氣功和用封建迷信思想解釋氣功的現象在社會上普遍存在，因之傳授混元整體理論，並使人們廣泛接受，是一件非常不容易的事。我體會龐老師在建校以來，總是按照人們可以接受的程度而略為超前的原則，逐步地通過寫教材、講課、辦不同類型學習班、指導練功、指導實驗、組織學術交流等手段，向大家灌輸混元整體理論，有如「春育」一般，一點點地改變著大家頭腦裡的參照系。現在，混元整體理論，包括不易被人理解和接受的混元氣理論，已被許許多多不同職業和專業、不同年齡、不同科學文化水準的人們廣泛認識、接受，並自覺運用於醫學、工農業生產、教育等方面，取得了不容質疑的驚人的效果。大量的實踐又從不同方面、不同層次上印證了混元整體理論的正確。

混元整體理論最大的特點是突出了意識的全部內容，突出人體混元氣的意識性，指出了意識活動的規律、實質和作用，尤其是它的「意識論」、「道德論」，打開了意識和意識活動的「黑匣」，引導人們向修煉意識、修治意元體，實現人類自由、自覺類本質的高峰攀登。通過這十年的努力，現在已在相當多的人群當中實踐著智慧氣功的宗旨。在這批被人們稱為「智慧功人」的人群中，人們自覺從涵養社會道德入手去涵養自然道德，普遍地奉行著融利己於利他人之中的價值觀，樹立起為共產主義奮鬥的人生觀；不斷地提高著自己的情趣，使自己的情趣從生命的生理活動需要，逐步向著滿足人體生命的身心健康昇華活動需要去提高；努力地改造著自己頭腦中的參照系，一方面認真地通過理論學習、練功實踐、科學實驗去改變過去參照系中只有常態智慧內容的偏狹狀況，一方面刻意去改變頭腦中「為我」的道德意識模式，並自省在對待具體事物時意識活動受制於參照系模式的狀況，朝著認識自我、完善自我、創立氣功文化，使人類文化向更高級階段躍遷而一步步地往前走。上述種種，雖然不是時時、事事皆能如此，但畢竟已經在實現人類類本質解放的道路上起步了，而且這種意識在這裡正在更廣泛、更深刻地混化著。

要克除意元體的偏執，充分發揮意識的作用，促成人類自由自覺類本質的實現，必須開發超常智慧。在這裡超常智慧的面紗已被完全揭開，人們按照龐老師著述的《智慧氣功科學技術——超常智慧》所揭示的超常智慧出現的機理和習練方法去研練，一批一批，甚至一群一群的人出現了不同層次的超常智慧。意念發放資訊作用於外界事物的超常智慧也被全國各地習練智慧氣功者普遍地、大量地用於醫學、工農業生產等各個方面。而意念斷針、擰鋼勺、磁化鋼勺、意念致動、意念產生光和電，以及在接收資訊方面的蒙眼認字、感知人和物等等，這些超常智慧正逐漸為更多的人所掌握。

……

不到十年間，這一切一切的深刻變化使我對智慧氣功宗旨指出的宏偉目標逐漸從懷疑到確信，從字面上的理解昇華到對內涵實質的理解。儘管路途漫長而艱難，但我堅信只要全體智慧功人共同努力，就一定能到達美好的彼岸。

（本文原載《智能氣功科學》，1998 年 8 － 10 期合刊。）

從嶺南到西北：歷史巨變與個人抉擇

抗美援朝運動是中共在中華人民共和國建立起來還不到一年的時候發動的。當時的時代背景是，全國解放後，在農村全國廣大貧困農民分得了土地，在城市工廠恢復了生產，並開始建立不少新的工廠（較早的解放區），物價穩定，治安改善，百業正待興或始興。而美國杜魯門政權則欲在中共政權在全國尚未十分鞏固之際，在朝鮮以軍事和經濟扶持南部的李承晚政權，摧垮北部金日成紅色政權進而入侵、控制中國。毛澤東於是決定出兵朝鮮，支援北朝鮮抗禦入侵，在國內發動了抗美援朝運動，口號是「抗美援朝，保家衛國」。在人力、物力和思想意識方面進行全面動員。對於朝鮮戰爭的起端，中共、北朝鮮與美國、南朝鮮說法不同，我當時只知中共的說法。

人力方面：為了滿足朝鮮戰場上對戰士、幹部巨大數量的需要，尤其是戰場上傷亡嚴重的情況下，更急需大量人員補充，於是發起了「參軍」和「參幹」運動（即參加軍事幹部學校，參幹的人經短期訓練後，作為幹部赴朝。當時在大學裡是號召參幹）。

物力方面：軍事裝備中美力量對比十分懸殊，飛機數量、品質的對比差距尤大。改善此狀況需大量經濟力量的投入。於是掀起了抗美援朝捐獻運動，主要是捐獻飛機。人民群眾反應熱烈，著名愛國藝人常香玉以個人積蓄和到各地義演收入，獨自捐獻了一架飛機。

思想意識方面：在全國開展批判學美、懼美、親美思想，樹立抗美、仇美、反美思想。大城市中的教會學校是這方面的重點，除各教會學校在本校開展揭發、控訴美帝侵略罪行大會外，全市教會學校也統一成立了組織開展這方面運動。我當時是嶺大學生會的文化委員，被推為全市這一組織的秘書（此臨時性組織的名稱記不得了）。嶺大是廣州教會學校中唯一的高等教育名校，校內有許多港澳、東南亞地區富家子女，而在解放戰爭的平津戰役、淮海戰役的前夕，京津特別是上海、南京的富家子弟南逃求學的有不少也進了嶺南大學，可以說是學美、親美思想的富家子女集中之地。故思想教育、思想動員是當然的重點。但是因為上述學生的比例相當大，思想改變短期不易明顯奏效，所以前述三方面的動員不如其他學校。我是由完全被動、不自覺地捲入（當時是中文系的文學會長、全校學生會委員，要參加一些會和接受佈置任務），逐漸成為比較主動的投入，最終在還有一個學期便大學畢業的時候，在中文系的老師（包括著名教授陳寅恪、王力、容庚）對我在學業上期望甚殷的情況下，放棄了學業「投筆從戎」。全國解放後，共產黨給新中國帶來欣欣向榮的新氣象，女幹部們自立、自強的形象加上在北京的哥哥來信，希望自己妹妹不做一個靠丈夫過日子的太太的勸喻，使我開始產生新的人生觀，憧憬一種新的生活。解放後，嶺南大學不少在讀的學生對共產黨政權懷疑、不信任，陸續轉赴美留學，父親此時也對我說：「如果你也想去美國念書的話，可以送你去。」我以自己是讀中國文學的，英文基礎不好而拒絕，其實內心深處則是思想意識正在變化。抗美援朝運動導致我做出「參幹」的選擇，使我人生的軌跡發生了巨大變化。「參幹」以後的遭遇如同許多嶺南同學一樣，都有過在無產階級專政的政權下，承受著剝削階級家庭出身和海外關係的重壓，在一場又一場的政治運動的風風雨雨中，走著坎坷的人生道路的一段經歷。這是當年在選擇人生道路時，對共產主義、對無產階級專政無知而造成的後果，但我至今對當時的選擇並無悔無怨。一個年輕人熱愛新生祖國、追求新的生活，在聽到祖國將會遭受侵略時響應號召，去「保家衛國」，當是熱血青年所為。

在我離開香港和學校三十多年之後，又在香港與親人、舊友相聚時，當年嶺大文學院的團支部書記，她是我高中和大學時的同學（不同系），與我重聚時問我：「你埋怨當年批准你參軍嗎？」（那時文學院審批參軍學生名單主要是她）我回答：「不！也對當年參軍不後悔。」這位同學的經歷，亦頗令人慨歎。五十年代初期，她在嶺大教育系讀書，是文學院的團支部書記，他父親是香港的一個富商，去世後給她和她姐姐姊妹倆留下一大筆遺產。那時她一心追求進步，拒絕接受遺產，專程去香港辦理了把遺產全部給她姐姐的手續。畢業後和她的丈夫（其父是香港有名的富商）分配到山西省工作，都因家庭出身、海外關係而遭歧視。其夫在「文化大革命」中因不堪迫害自殺身亡。她本人被安排在一個煤礦的幼稚園做一般的工作，也是運動的批鬥對象，致身患癌症，經多方設法才回到香港（現已移民美國）。她問我的那句話，包含著她對過去否定的深意。

當我憶及抗美援朝時中文系的事，不無感慨。抗美援朝捐獻運動，嶺大校方佈置各系以系為單位自行組織進行。中文系人少，家庭富裕程度總體上大不如其他院系，但捐獻豈甘落後。於是開會師生共議「大計」。系主任容庚是有名的古文物收藏家，不僅藏有唐宋名家畫，更以收藏古青銅器稱著，其收藏輕易不示於人。瞭解此情的同學，建議在校內辦一個小規模的容庚收藏義展，門票收入用以捐獻。容先生（當時對教授仍都稱先生）慨然應允，將幾十件收藏精品展出，而且還邀請了當時與容庚齊名的文字學權威商承祚、著名嶺南派畫家黎雄才、關山月以及校內擅長西洋畫的司徒教授，在展覽的當日現場揮毫寫字、畫畫，為中文系捐獻義賣。雖然展覽和義賣情況並不踴躍，但卻使中文系人均捐獻款額遙遙領先於各系。我是中文學會會長，名義上負責組織工作，其實主要工作皆由這位六十多歲的老教授親力親為。展覽的前一天，他親自指揮並參與佈置展廳，設計好每一件展品的擺放位置，因為展品都是珍貴的古物，他不願假手別人搬運和擺放，更加出於珍物「安全」（不被盜竊）起見，幾十件展品都是這位全國知名的老教授，在展出當天的大清早用自行車一次一次地親自從家裡運到展廳，展畢的當天又是他自己一件一件地搬回家。在展覽的全天他還要周到地招待和照顧以他名義請來的那幾位名書畫家的義賣活動。這一切對這位六十多歲的老人來說，其辛勞可見。然而就是這位愛國的老教授，在 1958 年反右運動中，因在教學和學術上堅持正確的己見，不向權勢低頭而被打為極「右」分子而鬱鬱終生。他當時表現的硬骨頭精神，幾十年後的今天猶為人們讚頌。

……

當時全國掀起參軍和參幹（軍事幹部學校）的熱潮，學校也設立參幹報名處。我報名參幹經學校黨（團）政組織批准。當時嶺大許多學生的家都在香港，社會上一些反共分子在「參軍」、「參幹」上大肆造謠，說是共產黨威逼參軍參幹。學校黨政組織為此讓我及其他兩個拟定批准參幹，而家在香港的女同學回家說明情況，徵求家庭同意，取得同意後學校才正式批准。嶺南大學的學生英文基礎比較好，朝鮮戰場上需要許多略懂英文的人，而當時又有不少蘇聯軍事顧問需要許多俄文翻譯，因此嶺大這批報名參幹的學生被內定為送入軍隊俄文訓練班後進入朝鮮，我本來也在其中。後恰值西北軍區政治部需要兩名懂普通話、文字水平較好的，我被選中，便改變了原定受俄文訓練後，給蘇聯軍事顧問當翻譯的計劃。

怎樣說服父親同意參幹，我坐在從廣州到香港九龍的火車上，不斷思索：如果從愛國抗美的道理去說，不可能得到同意，只能從個人前途去講。見到父親後，父親問為什麼要參幹。我回答：既然決定不去美國，就得在新中國生活（香港太小，當時經濟狀況還不如上海）。響應共產黨號召去參幹，對前途總會有好處。哥哥在北京也說他那裡很好。抗美援朝看來只是三兩年的事，結束之後就可以回來。父親擔心去朝鮮戰場不安全，我告以是先學俄文，然後給蘇聯專家當翻譯。父親心想：蘇聯專家待的地方應該是安全的，也就釋然。父親對政治是敏感的，問：「你參幹要經過審查，人家沒問你怎樣看你的父親嗎？」我說確實問過，我回答他們：「父親過去就一再給我和兄弟講過，汪精衛是主張曲線救國。假如他不出來成立政府，日本佔領地區的人民就更痛苦了。所以我過去一直認為父親做的事是對的，現在經過學習，認識到他是不對的。」（不敢用「漢奸」、「賣國」之詞語刺激父親）父親聽後還問了一些別的話，我一一作答後他便同意了。學校規定當日到港次日晨便須回廣州。父親想到北朝鮮寒冷，連夜帶我上街買了一些禦寒衣服，一塊好的手錶和一支名牌鋼筆，一條粗的金項鍊，還給了一筆為數不少的錢……沒想到這就是父女最後一次見面。

……

審幹運動未久，接著又是「鎮反」等運動，在強大的政治壓力和組織壓力下，「父親是階級敵人，必須要和他劃清界限」已成無可抗拒的定論。我給父親寫了一封譴責父親的信，我知父親絕不可能容忍女兒這種譴責，這封信的寄出可能就是父女關係的決裂。母親收到這封意想不到的信，怨傷、不知所措，不敢把信給父親看。父親終於看到了信，一氣之下，把擺在家中的女兒的照片撕碎，從此再沒有通信。若干年之後，我對自己這一行為，對自己對父親的傷害深感內疚，然而囿於當時的情況，沒有可能向父親表達自己的痛悔。我在父母相繼去世之後，看到母親在父親去世之後，搜集父親的詞作輯錄刊印成書的詞集《碧城樂府》，其中有一首《鷓鴣天》:「恩怨都隨一夢銷，也知難望到藍橋……枕函若有相思淚，且作明珠慰寂寥。」父親不但原諒了我，而且經常想念我。讀至此，潸然淚下，這眼淚是悲痛！是懺悔！

……

我 1951 年 1 月 28 日正式參軍（幹），中山大學和嶺南大學同一批參幹 20 多人從廣州出發，乘坐火車、汽車往甘肅蘭州。從祖國最南端經濟文化發達的沿海大城市，到西北部經濟文化落後、寒冷乾旱風沙彌漫的地方；從出身資產階級優裕生活的家庭，具有濃厚的美國教育、生活方式的貴族學校，到解放軍第一野戰軍、西北軍區政治部這樣一個無產階級專政高級機構，絕對的按共產黨要求進行軍事命令管理，而且又是專管思想政治工作部門，二者各方面反差之大固不待言。

我生活的不習慣上，衣食住行各方面至今憶及猶覺可笑。參軍出發時，正值嚴冬季節，在廣州穿一條薄單褲、一件薄毛衣足夠禦寒，部隊的冬裝按不同寒冷程度地區發給，西北部隊的軍衣上衣褲子一套據說是五斤重，還加上一雙大棉鞋，快到湖北時在火車上發給了大家，在火車上換裝。穿上新裝，一個個頓時變成身軀臃腫的胖墩子，在火車上幾乎不會走路，不禁相顧失笑。在軍區政治部，吃飯是八人共同領一份八人用的飯菜，找個地方放在地上，大家圍著飯菜蹲著吃。主食主要是饅頭和小米飯，吃慣大米的廣東人，吃饅頭、小米都覺得咽起費勁，下咽得慢，加上當時軍區政治部男多女少，男的吃得又多又快，兩個從廣州來的女兵，往往一個饅頭還沒吃完，菜就被男兵們吃光了。睡的是兩條木凳支起木板的床，我不知道從庫房領來的舊床都藏有臭蟲，需要用開水向木凳床板的縫隙澆注，殺滅臭蟲才能用，弄得天天喂臭蟲，渾身疙瘩。生活習俗不同也常惹笑話。我參軍時帶了一雙白色球鞋，一次週末我穿上玩球，被科長看見並被叫去告訴我，這裡的習俗是只有喪夫居喪的媳婦才穿白鞋，你不能穿。於是這雙心愛的白球鞋從此只能束之高閣了。

……

我與魯的結合應該說是雙方都做了錯誤的選擇。我是不瞭解共產黨的政策，魯則是以一顆赤誠的心相信黨「有成份論，但不唯成份論」的政策（西北軍區政治部、組織部長也是審查考察了我和魯，按照黨的上述政策批准結婚的），然而對政治都太幼稚了。結婚之初我倆閒談時，魯說他屬虎我屬蛇，按過去老百姓屬相生剋的說法，龍虎相剋，屬虎的不能與屬龍的結婚，蛇是小龍，雖不像龍虎那樣互剋，但也不好，不過我們不能相信這些。古人屬相相生相剋之說是唯心迷信也好，是有一定的科學依據也好，我和魯結合的結果應了相剋之說。

魯幾十年一直為黨的事業勤奮工作，努力學習。我也自覺努力按照黨的要求改造思想、積極工作，勤於學習，以「出身不能選擇，道路卻靠自己走」而自勉，力圖以自己的行動證實為黨的事業獻身。魯亦時時以此勉勵我。家裡有保姆照料家務，二人下班回家仍然是看書工作。有一件頗能說明此情的事。六十年代初期，受「大躍進」破壞經濟的後遺症影響，物資供應不足，一親戚從上海購得一些色澤漂亮、質地優良的上等純毛細毛線送給我，我高興地要用它給女兒打件漂亮的毛衣，不料只打了一寸多長便被魯拆掉，說：「晚上寶貴的時光應用於學習，毛衣可以送出去請人打。」我深感魯對我學習、提高的關心與支持。然而「樹欲靜而風不息」，我已經努力按照共產黨的戒諭「夾著尾巴做人」（這句話是對剝削階級出身的人的要求，各級領導常以此戒諭剝削階級出身的人），在工作學習上都得到所在單位的肯定和讚賞。但剝削階級家庭出身和有海外關係，令你覺得它猶如兩把利劍總懸於頭上，稍不小心，或者你根本不知道怎麼回事，就被它刺傷。平常日子的入黨入團、提級提職受阻固不待言，而在以階級鬥爭為綱的一次又一次的政治運動中，總難逃脫風雨的襲擊。我的政治情況不可避免地影響著魯，魯這樣一個党的老幹部有這樣一個老婆，在一定情況下影響了組織對他的任用。尤其在七千人大會上魯代表小組發言，講批評意見，觸怒了上級之後，屢遭批判、迫害，又往往以我的出身作為攻擊魯無產階級立場不堅定的一個缺口。「文化大革命」是整「走資本主義道路當權派」，但運動一開始矛頭便指向我，事後揭露整我是秉承上級意圖，為了「打倒魯」。終至魯被迫害致死。

人生有種種痛苦。一個深愛著你，你也同樣愛他的人，他卻因為你的緣故，長期被連累著，這個緣故又不是自身的錯誤，雙方只能處於無奈的壓抑中，直至他含冤去世，從沒有一句抱怨的話。這是一種無法用言語表達的痛苦。斯人已矣。我在魯去世近三十年之後，再次翻閱盈尺的為魯昭雪的申訴書的底稿和一堆記錄著「文化大革命」中魯被迫無限上綱上線的自我批判、認罪的筆記，已經不再是悲憤，而是對歷史的反思和人生的感悟。我一頁一頁地撕碎、扔掉那些記載著在那場極「左」路線之下的洗劫中，人們是如何被運動和殘酷鬥爭所扭曲，顛倒黑白，捏造罪行，踐踏人的起碼的尊嚴，蹂躪人的心靈的材料。不過還是保存了一些，好讓活著的人對那段沉重的歷史仍然保留著記憶。

（本文寫於 2001 年。原文無標題，收入本書時標題為編者所加。文中「魯」指作者丈夫魯直。）

家書選輯

其一　致父母信

（寫於一九五〇年三月二十三日）

爸爸媽媽：

奉十六日來示敬悉一切。我近日身體甚好，比以前胖了許多，請勿念。每天都有飲牛奶。關於用款事，我已與一同學商妥，在這裡借用，在港請你們歸還，不過彼不願數目太瑣碎，故等徵集數同學所需，合一筆較大的數目。空襲對嶺南並沒有什麼影響，除了晚間警報時沒燈外，一切都沒有什麼，且有許多人來避襲。本學期選讀各科，教授來來去去也是那幾位，所以也沒有一科特別感興趣。

近日嶺南為了公債的事，真是花樣多得很，由於各學會距離目標尚遠，故又要舉行全校性的大拍賣，由同學捐物品出來，幸虧我們學會目標已早達，否則又要頭痛一番。

我近來大概行了「學畫」運，校外的黎雄才要教我國畫，他上星期六日已來校兩天教我，這星期六日還來，又叫我有工夫出去找他教我。校內的司徒衛又要教我畫西洋畫，送了一張畫和一套顏色給我。可惜我對畫畫素來不起勁，大有提起都怕之勢，真不知如何交卷是好。

思上

三月廿三日

其二　致父母信

（應寫於一九五〇年三四月間。原件殘缺不全。）

爸爸媽媽：

剛剛接到你們的來信，牛奶我是天天都有喝的。我的畫依然是毫無成績，因為在司徒衛處才學了兩天他便因學校公事被派去澳門，大概要一個月後才會回來。所以現在是陷於停頓狀態了。在學校中平日的生活除了上課和做功課外更沒有其他做，橋牌本學期也不大玩，開學到現在也只打過三次。好在現在天氣已轉熱，划船是我們目前最好的消遣，既可運動又可乘風涼，比游水還有意思。不過艇租可是真的不便宜，每小時的艇租是五千元折合港幣就差不多一元了。學校的游泳池也將在本月中旬開放。

這幾個星期六、日，多半是跑到系主任容庚家中瞎聊。說起來很有趣，前星期中文系有一位助教因為很喜歡我的字，讓我替他寫了兩張字並指定要我替他寫吳夢窗的詞，於是我選了《高陽臺．詠梅》「宮粉雕痕」一闋替他寫上，他見了大喜，說這首詞是他最喜歡的一首，便馬上和了一首送給我。他的詞是：「暗影深沉，繁枝冷落，夕陽又下江灣。夢裡香魂，分明佩玉鳴環。此生總被癡人誤，願來生散發荒山。最蕭涼，盼到羅浮，望斷河干。　聽歌遣取青鸞便，綠衣捧酒，留得痕瘢。一抹空林，斜月誰慰清寒。嶺南猶寄春歸訊，怕隴長瘦損闌邊。問天涯，萬樹低迷，幾樹團圓？」

另外一位先生在座，見了也詞興大發和成一首：「似雪還輕，將飛更舞，飄零縞袂幽灣。舊日仙姿，月明想像琚環。多情卻恨驚鴻影，倩師雄悵臥空山。嗅餘香，蝶夢應憐，彩筆難干。 蓬萊倘許青鸞便，願求丹換骨，碾玉平瘢。立倦黃昏，風前誰念清寒？綠陰不怨尋芳晚，奈無端吹笛樓邊。更癡懷，瓊樹常新，璧月同圓。」

跟著又再用原韻詠落紅梅云：「香逐春塵，舞憐醉影，亂愁吹遍江灣。無限情牽，辭枝猶自回環。飄紅豈共桃花薄，帶斜陽恨滿孤山。最銷魂，綵蝶齊飛，上下闌干。 朱顏不駐流霞色，聽歌戲豔曲，心撫痕瘢。碎錦隨風，天涯渺渺春寒。堅盟旦訂重來早，預幾番索笑林邊。莫如今，紅雨淒迷，點點輕圓。」

他們叫我也來一首，叫我做一首小令已難，何況還要我和一首長詞，簡直就……

其三　致父母信

（寫於一九五〇年九月二十七日）

爸爸媽媽：

奉廿一日來示敬悉一切。黃先生借給我的書是給同學借去，而該同學在我離港前他還未返，所以當時無法交還黃先生，該同學現已返校，然該書則仍在港他家中。黃先生是否急用，如急用我問問該同學之住址或叫阿敬去取回好嗎？

「彊邨與廣東因緣」加在論文中可以充實許多。不過我昨天往圖書館去看，好像找不出很多的材料足夠自成一論題，請您指示給我。不過目前也不忙，因這學期大概只可把論文完成一半到大半，寒假還可有功夫。論文大綱前天已交去，陳寅恪說他不大懂詞，不過倒是與朱家世交，其身世事略也許比較清楚。介紹我和龍榆生通信，以後遇到不懂有疑難時可直接去函問，他已預備將我的論文大綱寄給龍榆生看，不過將來增削也沒關係的。

我預備明天或後天去取款，一齊再替您找找書。

思上

九月廿七日

十月一日慶祝國慶一連放假三天，不過又得巡行、開會等，所以雖放假時間也不能自由分配。

其四　致父母信

（寫於一九五〇年十一月五日）

爸爸媽媽：

奉一日來示，我的病已好了，可是現在又嗽起來，不過並沒有瘦，請勿掛念。昨天往徐姨處取款，黃姑娘說因要交稅和匯錢給可妹故不給我，所以請你們從銀行匯來給我吧（從新華銀行匯來也很方便，匯來的時候寫明憑簽名及學生證取款）。不過不用太急，因我沒錢時可向同學周轉也不成問題。

我的論文第一章星期三已交給陳寅恪，現在還沒有發還，不過發還之後又得自動略加修改，因龍榆生昨天寄來了兩本書給我（沒有信），一本是他的《忍寒詞》，另一本是《風雨龍吟室叢稿》，中有論清季四大詞人一文，所以我的第一章論清詞也得按他的意見稍加修改。

前幾天接到哥哥一封信，說近日很忙，不過並沒有提及有沒有收到我寄去的臘腸。

打字機同學方面並沒有人要出讓，廣州市倒有賣的，不過索價甚高。Remington 六成新要一百萬，Underword 八成新要一百七十萬（皆非新式款樣），聽同學說大蓋是比香港貴許多，不過聞說從香港帶打字機來須打百分五十稅，不知是否屬實。你們的意思以為如何？

思上

十一月五日

其五　致父母信

（寫於一九五〇年十一月十一日。「聲家天挺杜陵才」為朱彊邨《望江南》十九詞句。其詞曰：「窮途恨，斫地放歌哀。幾許傷春憂國淚，聲家天挺杜陵才。辛苦賊中來。」何文傑，又名何孟恒，汪文惺丈夫，汪精衛女婿，在香港生活多年，乃林綴華父親友人。）

爸爸媽媽：

今晨曾上一函未知收到沒有？頃接龍榆生來信（付抄錄寄上）對我大加讚賞，其實愈讚我愈心驚，因明知自己沒有料也。還叫我寄詞給他看，真是天曉得！問我倚聲學等書何以得來，是否寫從「何文傑」處得來他便知道喔！盼請覆因我好覆信告訴他。又回信應如何寫，也請告訴我。

附彊邨那篇文，除生平略歷及後面校詞選詞及結論外，「聲家天挺杜陵才」將之列入時代背景對彊邨詞之影響。彊邨詞學途徑，彊邨與吳夢窗及體備眾制集大成諸節列入第三章「彊邨詞學途徑」裡。這份是上學期程曦抄的，忽然想起可以拿來寄給您，也可省掉許多工夫。不過後來您由函寄來的補充資料卻都沒有添上。

思上

十一月十一日

其六　致父母信

（寫於一九五一年四月九日。此時林縵華已離開嶺南大學，從位於蘭州的西北軍區致信香港的父母。）

爸爸媽媽：

來示敬悉，我身體很好，請勿掛念。

在這裡一切都很好，雖然工作有時相當忙，不像以前在學校和家中的清閒，但精神上反覺得更愉快。這樣的生活才是真正健康的生活。錢和藥物等我都不需要，我覺得我應該有吃苦的精神，只要大家能過的生活，我也應該能夠過得很愉快。何況現在還是一點也並不苦呢！

龍榆生之事，我離穗以前，行色匆匆，來不及親自寫信給他，不過已託程曦先生代為轉告了。

不知你們到婆羅洲有什麼計劃呢？不過我想這無論如何也不是一個根本的辦法，我希望你們能回國居住，父親年紀還輕，能夠出來做點事不更好嗎？只要能坦白過去，相信不會有什麼問題的。希望你們能詳細地考慮一下。

請不要因為不能常常接到我的信而感到焦慮，工作的關係常常給你們信似乎是不大可能的。我已不再像以前一樣，已很能夠照顧自己了。請你們放心吧，在這裡我會長得更健康，更結實，和更堅強的。

我很願意像你們信中說的把泥上指爪視為一些為國家人民服務的功績（不過我不幻想什麼功績，我只希望能做大海中的一點滴），並且還要終身向著這目標走。爸爸、媽媽，假如你們看到你的女兒能夠為國家人民服務，找了一條正確而光明的道路，那麼不是很安慰和愉快嗎？假如你們要掛念我，我願意更盡力地為人民服務來報答你們。

請你們保重。敬請

大安

思上

四月九日

以後來信地址請將「文工團」改為「文化部」。

（注：以上六封林緩華寫給香港父母的信，前五封寫於位於廣州市的嶺南大學。最後一封信寫於位於蘭州市的中國人民解放軍西北軍區。）

其七　致長子魯曉龍信

（約寫於一九七五年，林縵華從北京寫信給在新疆軍區服役的長子魯曉龍。）

曉龍：

收到五月廿日來信已兩天了。你來信時正值你值日做飯，你在家時做副食尚可，主食一竅不通，不知現在對做麵食掌握得怎樣？該沒出「洋相」吧！

來信說計劃自學通訊業務書，很好！應該給你糾正的是不應抱「沒事就學點業務知識」「學點東西沒有壞處」這種消極的態度，而應積極地定出學習計劃，每天堅持學習，並持之以恆，經常按計劃檢查自己的學習進度。當然學業務的同時勿忽視學政治，否則就會「只專不紅」了。你過去一向的缺點是學習缺乏恒心和毅力，這次望能自覺注意克服。執行任務修電線時切切注意安全，不可粗心大意，弄不好出人身事故。騎馬初學（即使較熟練也應如此）寧可慢些，不可冒險圖快。

果平已結婚，昨天聽陳盾說商爾、小于和你等四人合夥給送了禮，我已讓他問商爾多少錢再如數付給，大照片商爾早已取走，你與楊合影卻至今沒給我，我已讓陳盾催過，但商爾老忘，故至今未見。…… 大照片印出後以前一直等你地址固定再寄，但你到 16 號站後我又忘記了這樁事，故今天才寄出。

曉燕給你寫信了嗎？今天接她來信說目前天天練「蹲功」給棉花移苗、除草、鬆土，連跪帶爬，疲勞不堪。過幾天就收麥子了，可能每天只能睡三個小時。就看曉燕能不能挺過去，經得住這場鍛煉了。曉燕在那裡大概挺努力，隊裡已提名補選她為團支書（不知批下了沒有）。她不是說要和你展開革命的競賽嗎？望你也加油。

今年北京是少見的大旱（整個河北省都旱），但小麥仍比去年增產，蔬菜供應比往年都好，農業生產形式很好。北京市要動員各方面的力量從十五號到廿五日去支援三夏，農林部已作了動員。我因這一向身體欠佳，故去不成了，在機關留守吧！

北京這幾天天氣已大熱起來，曉鵬今天已進行了游泳的「下水典禮」而第一次下水了。

家中一切如常，阿姨也很好。勿念。

祝工作、學習進步

媽媽

六月九日晚

後記

求索九十載：懷念母親林縵華／林佩丹

魯曉鵬

母親於二〇二一年一月二十日不幸在北京去世。那天正是農曆臘八，又是大寒節氣。在千家萬戶喝著溫暖的臘八粥時，帶給我家的卻是寒徹心骨的悲痛。當時又是新冠病毒肆虐之際，國際旅行受限制。她彌留之刻，我身在北美，無法去她身邊，後來也無法為她奔喪，實乃終身遺憾。悲痛之餘，冷靜之後，我想寫篇文章緬懷她的美德、母愛和才華，講述她的身世和坎坷的一生，重溫她的卓越學識。

母親是誰？叫什麼名字？自從我記事起，我一直以為母親的名字是林佩丹。其實她一生用過幾個名字，而每個名字背後，都跟中國現代歷史和社會變遷有關係。通過她的不同名字的使用，我也瞭解到不少中國歷史的更代。最早，她的主要名字是林縵華、林美珍、林思，小名「阿思」。她一度也叫梁美珍。她的香港身份證件的名字是林美珍。她在一九五一年從廣州的嶺南大學去位於蘭州的西北軍區參軍。從那時起，她的新名字是林佩丹。她的大部分同事只知道這個名字。

母親九十多歲的高壽，跨越了將近一個世紀的時間。她經歷和承受了無數的歷史事件和政治運動。命運一而再、再而三地左右她、打擊她、捉弄她。一個弱小的個人和平凡女性不可能逃避那些超越個人的巨大的歷史力量和無情的政治事件。但是，母親又是一位堅強的女性，擁有中國婦女的美好品德和良好素質。作為女人、女兒、妻子、母親，她一次又一次地頑強地與殘酷的歷史搏鬥，她用自己的辦法和智慧，用愛和寬容，抵抗政治的荒誕，自尊自立地生存著，做出艱難的人生抉擇，履行她認定的職責。

在母親生活的各個時期，或因為興趣，或因為工作，她對不同的題目進行深刻研究，比如詞學、中國屯墾史、氣功理論和實踐。她的精湛學識和開拓性研究，令讀者受益匪淺。通過她個人和家庭的遭遇而引發的對中國現代史的沉痛思考和回顧，也同樣促使人們深刻反省。從一九五〇年元旦她二十歲發表的第一篇論文《略談吳夢窗》，到二〇一五年她八十六歲高齡在《文匯學人》發表的回憶錄《回憶恩師吳玉如、容庚、陳寅恪、龍榆生先生》，她的思想和學識跨越了六十五載光陰。她的筆耕生涯，卓越學術，非凡經歷，值得讀者對其瞭解並加以深思。

從林縵華到林佩丹

我對母親的瞭解，一部分來源於和她直接的生活上的交往。但是，她和她的家庭在我出生以前已經在這個世界上留下印記。後來我通過和她交談，閱讀相關的資料，對她的一生以及她所生活的世界有了更多的認識。中國社會的變遷，不可避免地反映在每個人的身上，也濃縮在我母親的生命中。

母親於一九二九年在香港出生。她家本來在廣州市，但是在她出生的一兩年前，即一九二七年十二月，廣州市爆發了共產黨人領導的「廣州起義」。林家為了避難，便移居香港，後來母親就出生在香港。她的母親（我的外婆）懷她期間，染上了傷寒，不得已早產。母親七個月便生下來，是一個瘦小的嬰兒。從她降臨這個世界那一刻，便已經有了坎坷不凡的過程。

母親的祖籍是廣東省番禺縣五鳳村，如今已劃入廣州市區。她的家坐落於廣州市河南繁華市區，是個龐大的院落。「這座大宅前後橫跨兩條大街，正門上方高懸『榮祿邸』三個大字」;「這個鐘鳴鼎食之家上上下下近百口人」(林孟熹:《杏花姑娘的故事:懷念我的大家姐》，載《懷念林孟熹》，頁 100、102)。解放後，住宅被分給普通市民，號稱「百家大院」。她的家族是當時廣東、廣西屈指可數的大戶人家。她的祖父林桂昌(字仲昇)是清朝末年的兩廣鹽運使，被朝廷授以一品榮祿大夫。晚年這位林老爺創辦了當時中國最早、最大的化妝品公司:廣生行化妝品有限公司。公司發跡於廣州和香港，後來擴展到上海，被一個年輕人馮福田接手和管理。廣生行的產品，如雙妹牌花露水和雪花膏，暢銷全國。公司數次得到民國政府實業部的獎勵。

母親的曾祖父，林彭齡，字鏡吾，是咸豐年間的兩科舉人。他歷任雲南丘北縣知縣、阿迷州知州、威遠廳同知(知府)等職位。我二〇一三年一月去廣州市五鳳村參觀，還看到氣勢非凡的林家祠堂。祠堂前門上寫著「鏡吾林榮祿公家廟」。林彭齡的一個哥哥林芝齡，是道光年間的進士，任廣東海豐縣知縣，於農民秘密組織「三點會」起義之中，在位殉職。他們這代林家人的事蹟，記載在民國年間編纂的《廣西省貴縣誌》裡。

母親的父親畢業於廣州私立嶺南大學。之後，他自費去美國哥倫比亞大學留學。回國後被一位廣東籍的國民黨領袖人物賞識，於是就在南京政府的行政院工作，日後追隨那位領袖，加入他的班底，成為他的親信。她的母親吳堅（吳佩瑜）是廣東佛山人，與清末作家吳沃堯（吳趼人）同一家族。

大約在母親去世前的兩年，在一次似乎不經意的閒談中，她跟我說，「林縵華」是一位民國時期的領袖人物給她起的名。那麼母親為什麼不早點告訴她的孩子們哪？有什麼難言之處，要等到我成熟了才告訴我？

她的童年和少年，生活在中國的所謂「國統區」和後來的「淪陷區」內的繁華之地，先後居住在香港、澳門、廣州、南京、上海、天津。她和家人以及兄弟，生活在一個政治團體的圈子裡，出入豪門，經常參加彼此的家庭派對。抗日戰爭爆發之際，她的父親跟隨領袖去廬山開會，便也帶上女兒和家人一起上廬山。

我們從她的工作單位找到她自己填寫的詳細履歷。母親碾轉各地的就學經歷，反映出中國當時的政治格局和歷史變遷。

一九三五年至一九三七年，她在南京就讀山西路小學一、二年級。此時她父親在南京的民國政府行政院任職。

一九三七年九月至一九四〇年七月，她在香港先後就讀興中小學、九龍塘小學、真光小學。此時日軍已佔領南京，她全家搬到英屬殖民地香港避難。據她回憶，那時陳寅恪先生一家人住在香港九龍。陳寅恪先生的大女兒陳流求和她妹妹也就讀九龍塘小學。陳流求和她是九龍塘小學四年級同班同學。

一九四〇年九月至一九四五年初，母親先後就讀廣州省立第一中學附屬小學、廣東大學附屬中學。她的一位中學同班同學是何文敏，乃汪精衛女婿何文傑（何孟恒）的妹妹。二〇二一年二月，身在澳大利亞的九十一高齡的何文敏回憶往事，記得林緼華在班上坐在她前面，她坐在林緼華後面，林緼華很活潑。可惜母親一個月前剛離世，否則她可以和七八十年前的同班同學聯繫敘舊。

這段時間母親和她的同學們生活在「國統區」、「淪陷區」。作為孩子，她們有哪樣的生活片段？家庭安排她學鋼琴；在中、小學與同學們一道參加體育運動會，加入童子軍。她們接觸的是當時中國大城市裡的通俗文化，中外電影，和留聲機播放的歌曲。在母親去世前的兩個月，她憑著記憶唱出幾首歌，我姐姐用手機記錄下來。那時她已是九十一歲高齡的老人了。她幽默而調皮地唱出《拷紅》，還給我姐姐講曲子的來龍去脈。這是一九四〇年上海老電影《西廂記》裡的插曲，由金嗓子周璇演唱，後來曲子又作為唱片單獨發行。

李香蘭的歌曲和她主演的電影，也是我母親這一代人記憶的一部分。一九四三年發行的電影《萬世流芳》由李香蘭主演，片中的一首歌是《賣糖歌》。電影的抗擊英美的主題思想此處暫且不談，這首歌本身很風趣。李香蘭扮演一個賣糖女孩，唱這首歌奉勸鴉片館裡的癮君子們吃糖戒煙。許多年後，母親從香港買到李香蘭歌曲的磁帶，偶爾聽聽，回味兒時的記憶。

一九五三年，身在香港的我的外公思念遠在各地的兒女，填詞遙寄在美國哈佛大學讀博士的兒子，回想他和孩子們當年在中國大陸歡聚一堂的快樂時光。

踏莎行・題扇寄仲嘉美洲

靄靄沈檀，依依小扇，關山萬里如相見。長教襟袖有清風，螢窗伴汝溫書卷。

樹上牽牛，琴邊舞燕，癡兒笑得腸千轉。歡聲猶似共燈前，那知人隔天涯遠。

詞中「琴邊舞燕」，是指當時外公與孩子們聽留聲機裡播放的李香蘭歌曲《海燕》。孩子們手舞足蹈地模仿李香蘭的高音唱腔，但是達不到李香蘭的高音。「樹上牽牛」為歇後語「拉牛上樹」的化用，指辦不到，沒辦法，難上加難。

一九四五年初至一九四七年九月，母親隨家人先後居住於澳門、香港、上海、天津，停學居家。在抗日戰爭結束以前，她的父親已經辭去官職，離開政府。他一度隱姓埋名，生活在天津，改姓梁。母親陪伴他，便也改姓梁，叫梁美珍。她父親在家賦閒，開始填詞寄興。梁美珍便出沒於北京、天津的舊書店，為父親購買詞書古籍。

一日，頗為戲劇性的事情發生了在天津街頭。梁美珍在街上突然遇到她的一位中學男同學。這位昔日同學現在身著國民黨軍服，像個軍官模樣。她想躲避他，但是他一路跟蹤，追她。好在她最終擺脫了他。她害怕自己家人的行蹤被暴露，將事情告訴了父親。父親也擔心，於是決定離開天津，碾轉來到香港。梁美珍則獨自留在天津讀書。

一九四七年九月至一九四八年，母親就讀於天津工商學院中文系。她的老師是書法大師吳玉如先生。跟吳先生學習令其茅塞頓開，使她在文字方面打下堅實的基礎。她練就了自己獨特的書法。她的字蹟秀美而大氣，清新而老成，剛柔兼備。那時正值國共兩黨內戰，平津戰役即將爆發，戰火恐將殃及天津。在香港的家人讓她立即離開天津，去南方另投他校。梁美珍於是告別老師吳玉如，離開天津。

一九四八年七月，梁美珍來到上海，進入震旦女子大學。可是內戰愈演愈烈，淮海戰役即將開始，梁美珍只在上海學習了幾個月，便於一九四八年年底匆匆離開上海，回到香港家裡。

從一九四九年初到一九五一年初，母親在位於廣州的嶺南大學中文系學習。這是她一生中最愉快、最自由的一段時間。她才華出眾，聰敏好學，深為老師和同學們喜愛。她也深深敬愛她的師長：中文系主任容庚先生、教授陳寅恪先生、院長王力先生，等等。她的嶺南大學經歷，在其文章《回憶恩師吳玉如、容庚、陳寅恪、龍榆生先生》已有頗為詳細的記載。陳寅恪的學生、母親的師兄李炎全在他的書《康樂園》裡對母親也有不少的描寫。「來了一位身材修長、儀態逗人、一身新衣裝的女新生，她大方健談，給人有一個好印象，她叫做梁美珍。」（頁 98）講到容庚老師的課「鐘鼎文」，「相當秀麗身段苗條的梁美珍也修這一課。」（頁 111）

在一九五〇元旦，母親用「梁美珍」的名字在嶺南大學的學刊《南國》第二期發表了一篇論文：《略談吳夢窗》。那時她只是大學二年級的學生，但是她的文章可謂石破天驚，令同學和老師刮目相看。和她在同期《南國》發表文章的學人，大多是她的老師：陳寅恪、容庚、王力、冼得霖、王季子等人。李炎全在《康樂園》中如此感歎：「梁美珍的《略談吳夢窗》九千字，引經據典，考證到家，同學們都不敢相信以一個中文系二年級學生有才力寫出如此深奧的文章。」（頁 124）

母親的畢業論文選題是朱彊村詞，導師是陳寅恪。陳寅恪謙遜地表示自己不是研究朱彊村的專家，邀請身在上海的龍榆生一同指導林縵華的論文。龍榆生是朱彊村的嫡傳弟子。林縵華把寫好的部分論文郵寄到上海，得到龍榆生的指導和批改。如果母親走這條詞學的道路，相信她會成為這個領域的一個大學者和著名教授，有似葉嘉瑩先生。

可是歷史的進程令人始料不及。翻天覆地的變化就發生在她眼前和身邊。中華人民共和國的成立、土地改革、大學院系調整、抗美援朝等一系列快速發展的事件，衝擊和影響每個人的抉擇、前途和命運。嶺南大學本來是一座與美國淵源極深的私立學校，但是它也同樣逃脫不了歷史的潮流。因為中國「一邊倒」的外交政策和抗美援朝，嶺南大學也掀起了反美的聲浪。中文系內部就發生了「倒容運動」，部分教師批評系主任容庚是封建餘孽、落後分子，要打倒他。林縵華當時是學校中文學會會長，也被捲入到這個事件中。李炎全的《康樂園》記錄了當時驚心動魄的開會場面（頁 129－134）。在中文系的大會上，容庚與「倒容派」面對面對質。作為會議主持人，林縵華機智地掌握會議節奏，化解危機，保護容庚。那時，她只是一個二十歲出頭的女學生。

嶺南大學掀起了一股參軍、參幹的熱潮。被環境所影響，母親也報名參軍。恰逢西北軍區要在嶺南大學招收兩位大學生。母親被選中。在離開廣州參軍之間，她回到香港家裡，徵求父母意見。她說服了父母，贏得了他們的同意。那也是她最後一次與父親見面。她把自己從一個舊式的千金小姐轉變為一個革命幹部，一個軍人。

母親在一九五一年初奔赴西北蘭州，參加中國人民解放軍。在一九五一年三月六日（星期二）「三八婦女節」前夕出版的《嶺大週報》上，已經離開嶺大的林縵華的一個同學專門寫了一篇文章，題為《我所熟悉的阿縵變了》，稱讚林縵華參軍，譽之為嶺大女生學習的榜樣。

母親在西北軍區政治部屬下的文化部和宣傳部工作。參軍後，在軍區要經過嚴格的審幹過程，她要向組織毫不保留地交代一切。她說明了自己名字的來源以及家庭背景。她必須與過去決裂，脫胎換骨，並啟用一個新名字。於是她改名「林佩丹」，成為了一個新人。名字是一個同事幫她取的。名字裡的「丹」，取義於蘇聯衛國戰爭時期的女英雄「丹娘」。「林佩丹」也是清晨紅日升起照射林木的景象。即使這樣，組織部門仍然疑雲重重，覺得她在嶺南大學那麼活躍，國民黨理應發展她。組織部門於是給她的審查結論是「特務嫌疑」。參加工作以後，她一直勤懇工作，屢次申請入黨，但是因為出身不好，總沒有被批准。

在軍區，她也要表現進步，思想過關，於是要和她的家庭劃清界限。她寫信給父親，檢討、批評他的過去。身在香港的父親收到女兒教訓自己的信後，非常生氣。平靜下來後，他寫了一首動人的詞，表達他對女兒的思念。

鷓鴣天

恩怨都隨一夢銷，也知難望到藍橋。花能解語偏多刺，柳未成蔭又折條。

無賴月，奈何宵，青天碧海兩迢迢。枕函若有相思淚，且作明珠慰寂寥。

詞中「藍橋，」指的是蘭州，女兒生活的地方。女兒是父親的「掌上明珠」，他不可能從香港去蘭州與女兒團聚，夢中思念的淚水聊且化為明珠。

因為我父親的工作調動，一九五四年父母從甘肅的蘭州軍區搬到陝西省西安市。母親在陝西省委幹部文化學校當語文教員。一九五六年至一九五八年，中國先是「大鳴大放」，鼓勵大家說話提意見。然後風向一變，展開反右運動。母親和學校的同事都是知識分子，喜歡說話和議論，不料他們也逃脫不了反右的命運。她的一些同事被打成「右派」，她自己也幾乎遭受同樣厄運。她退職居家達八個月，才躲過一劫。此時，她在北京工作的哥哥也被打成「右派」。之後，她被分配到西安市農業機械廠教育科做教員。其間，她有一年下車間，當裝配車間工人，做鉗工，從事體力勞動。

一九六三年，我們全家離開陝西，搬到北京。從西安來到北京後，母親在農墾和農業部門的政策研究室工作。「文革」期間，我們一家被下放到江西農村，歷盡磨難。在改革開放時期，國家從「文革」的陰影走出來，母親也得以專心進行研究，做自己的本職工作。她查閱大量歷史資料，研究中國歷代的農墾情況，博引旁證，於一九七八年底，寫下長篇文章《我國自漢迄清歷代屯墾概況》。這篇長文探討中國兩千多年的屯墾歷史，為國家制定屯墾政策提供了翔實的依據。退休以後，母親晚年熱衷於氣功。她身體力行，每日練習，跟隨她的氣功老師龐明先生進行「智慧氣功」的理論研究。她寫下氣功方面的論文，探討人的意識與外在世界的關係，用當代科學解釋中國傳統的氣功實踐，同時又擴展了當代科學。母親練的是「混元氣」，她和每個人的生命一樣，最終回歸自然，與天地萬物混為一體。

母子相依為命

我出生幾年後，「文化大革命」就開始了。我童年時的大部分記憶是悲痛的家庭遭遇。「文革」時期，我的父母都受到衝擊和批判。造反派到我家抄家，拿走很多東西，以後再也找不回來。母親被說成是「牛鬼蛇神」。我六歲的時候，我們全家被迫離開北京，下放到江西幹校。父親被戴上莫須有的罪名，被隔離審查、批鬥，終至身亡，全家悲痛不已。父親去世時我才九歲，我們被搞得家破人亡。哥哥和姐姐先期回到北京念書或等待分配工作，在江西只剩下母親和我兩人，母子相依為命。我倆住在一間簡陋的房子裡，生活在壓抑、悲憤的氣氛中。母親三番兩次地給有關部門寫申訴信，要求組織給父親一個正當的「結論」，除去不實之詞。她寫這些申訴信的時候，我就在她旁邊。有時我跟她說話，她一走神就寫錯字，需要劃掉改正，但是字蹟就不工整了，於是她又從頭把信謄寫一遍。她的那些為丈夫的一封封申訴信，自然石沉大海，杳無回音。但是彼時她生命存在的目的，就是要為冤死的丈夫討個清白。

在那荒謬的年月，母親這些有大學文憑的「國家幹部」，在幹校學非所用，無用武之地。他們一邊被迫搞政治運動，一邊在農田裡幹農活。農忙時節，陰雨天氣，母親穿著塑膠雨衣，赤著腳，把褲子挽過膝蓋，彎著腰在水稻田裡插秧。她在腰間系著一個小玻璃鹽瓶，把在自己小腿上吸血的螞蝗拔出來，扔進鹽瓶。

我們回到北京後，已經沒有了家，沒有房子住。我們家的男女分別住在機關單位大樓裡的宿舍。我們和很多人住在一起。過了一段時間後，我家才被分給一個筒子樓裡的兩間房子，全家得以團圓。

父親去世後，追悼會無法開。母親不同意單位給父親不公正的「結論」，兩邊僵持不下。我們全家已經回到了北京，當權派害怕在北京開追悼會被爸爸的同事們責怪，又折回偏遠的江西南昌給父親開追悼會。母親記得父親曾經給她說過，江西省委書記白棟材當年在陝甘寧邊區和他是同事。

於是母親就把父親追悼會的事情，給他發了個電報。結果他真來了。隨他來的，是一輛轎車和一輛吉普車。我這個一直抬不起頭來的背氣的孩子，沒有見過這個氣派。我們拿著父親的骨灰盒坐火車從南昌回北京，便有了資格坐軟臥，因為那時坐軟臥要有一定的級別才行。父親雖然去世了，但是那個骨灰盒裡的主人夠級別。

每年清明節，媽媽都會帶著我們幾個孩子一起去八寶山革命公墓，給父親掃墓。父親的骨灰盒存放在那裡。那個年代，國家的領導人也一個個相繼去世，收音機、電視、公共機構和學校的喇叭，時常播送哀樂。那個中國哀樂曲子，是我一生中最熟悉的樂曲之一。不誇張地說，從我記事以來，我的童年和少年的一大段是在壓抑中、悲痛中、哀樂中度過的。

我在江西幹校沒有接受嚴格的小學教育，回到北京入學，因為水平差，差點留級。母親在小學領導那裡替我求情，要求給我一個月時間複習功課，之後再考試一次。一個月間，母親和姐姐每天幫我複習功課做數學題，後來我終於考試及格，沒有「蹲班」留級。那段「惡補」經歷令我終身難忘。我從江西回到北京，體質瘦弱，經常生病，母親無數次地帶我去醫院看病，時而中醫，時而西醫。

母親那時剛剛四十出頭便守寡，成了三個未成年孩子的單親母親，可以想像她在精神上和經濟上壓力有多大。她時常把父親的遺物和照片拿出來，督促我們幾個孩子說：你們父親是老紅軍，你們要繼承父親的遺志！她也盡量給我們的生活帶來力量和希望。她不時帶我們出去玩，比如去頤和園划船，去天壇春遊。她定期帶我們去照相館照全家福。她把一個破碎的家庭重新恢復起來。

在一九七〇年代中期，母親又和工作單位的一位同事結婚。他也是一位被打倒、被整肅、靠邊站的老幹部。這樣一來，母親又要為我的繼父整理資料，寫申訴，希望組織撤銷那些對他的不實之詞。我是家裡最小的孩子，常常待在他們身邊，目睹了一切。這時期，母親的生活主調就是無窮無盡地為丈夫申冤。

我在北京讀高中的時候，母親得到她的弟弟、即我的三舅的幫助，聯繫我去美國留學。一九七九年八月我到達美國。那些年，母親給我寫了無數的長信，關愛我，囑咐我，叮嚀我，每封信都充滿了深厚的母愛和溫暖。可惜，這些大有「傅雷家書」風格的信件，我沒有保留下來。那時我年幼，有逆反心理，為我大學專業的事，跟母親和家人意見不同，鬧彆扭。遺憾的是，我當時並沒能體會母親的良苦用心和對我前途的考慮。

我還想借此機會在這裡紀念在我生活中的另一位扮演母親角色的人。她是我們家的保姆，家人稱呼她「袁阿姨」、「老袁」，鄰居有時也戲稱她「曉鵬阿姨」。後來我聽說，她的名字是袁菊英。「文革」前她在我家做保姆。「文革」後期，我們從江西幹校回到北京，家庭已經面目全非。母親邀請袁阿姨到我家繼續做保姆，她欣然答應。其實，很多年中她是我一個人的保姆。我哥哥姐姐或在農村插隊，或參軍，或上大學，不在家住。我最小，天天住在家裡，和袁阿姨朝夕相處。她照顧我每日的生活起居。我和她感情深厚。她為人誠懇、樸質、勤勞、直爽、熱情，有時也很風趣。她是湖南人，說話略帶湖南口音。她沒有子女，把我當成自己的孩子養育。她識字不多，有時晚上做完家務，她拿起報紙試圖閱讀，我便幫她讀不認識的字。當我出國留學後，據說她若有所失，我的生活用品還擺在家裡，她不讓家人收拾拿開。一九八四年暑假我回國時，去她家裡看望她，那是我們最後一次見面。此時，我要表達我對她的感恩和深深的懷念。

一生處理後事

不斷地，一而再、再而三地「處理後事」，是母親命運中的一個基調。作為一位妻子、女兒、女性、親人，這樣的事她一生中做了好幾回，而每回都伴隨著苦痛、哀傷和責任。她處理的諸多「後事」，包括她的丈夫，她的哥哥（我的大舅），她的父親（我的外公），等等。

「文革」把我們家搞得家破人亡。我父親去世後，家境慘澹。我媽的哥哥、即我的大舅住在廣東佛山，得知妹妹一家人的悲慘狀況，非常同情。他盡力關照和幫助妹妹渡過難關。一九五十年代的反右運動中，他自己一度被打成「右派」，處境艱難。記得他先後把我母親、姐姐和我接到廣東佛山居住了一段時間，帶我們遊歷廣州。他們兄妹在患難中互相幫助，彼此情感極深。他去世後，母親作為一個長者和姑姑，覺得理應幫助大舅的孩子們處理後事。她還協助他們編訂出版紀念文集。

母親的父親也是詞人，聲家高手，是香港詞社「堅社」的重要成員，留有詞集在世。但是他的詞集是沒有標點符號的線裝書，家人決定把他的詞集重新排版出版，以便於人們閱讀。後來我們又發現了大量他和香港詞友的書信和詞稿。家人打算把這些難得的稿子整理出來，捐獻給有關單位，將來出版面世。母親那時已是八十歲的高齡，眼睛有嚴重白內障，看東西困難。她帶著我們仔細整理她父親的詞稿和新發現的原始材料，前後忙碌了幾年。她拿著放大鏡一個字、一個字地辨認和識別。這些半個世紀多前留下的東西，不同書法風格的詞稿、書信、文獻，只有她能全部準確地認出。我們能把這些文稿整理出個頭緒，有賴於她堅實的文字功底和淵博的文學知識。她做了這些工作，又絕對不留名。她也指導我撰寫和發表相關的文章。作為女兒，她是父親的「掌上明珠」；但是自從她參軍以後，便要和父親「劃清界限」。往事不堪回首。她深懷內疚地跟我們說：「我當初離開家裡，跑掉了。我現在只能為他做這點事了。」有趣的是，她要我勸導我妻子平日生活放開心胸，安排好家庭和工作，否則一旦我哪天不在了，我妻子會在精神上承受不了，要「處理後事」。

母親當年在嶺南大學寫畢業論文之際，導師陳寅恪先生寫信給龍榆生先生，把學生林緩華介紹給他，邀請他指導論文。學界後來把這封原信的內容公佈於世。母親已經八十多歲的高齡，得以看到這封六十多年前有關自己的信。她不勝感慨，充滿內疚，後悔當初與導師們不辭而別，離校參軍，中斷學業。她有愧於當初栽培她、青睞她的師長們。那時她的身體已經很虛弱，眼睛也不好，但還是決定口述一篇長文，回憶恩師，「還欠下的債」。她氣力不足，要經常喝西洋參湯「補氣」，才能繼續工作。她雙眼患有嚴重的白內障，拿著放大鏡吃力地反復查閱相關文獻，以免自己的口述與事實不符。我再一次為她一絲不苟的治學精神所感動。

讀到那篇動人的回憶文章的朋友們，勸說她繼續寫下去，回憶一下她在五十年代初離開嶺南大學後在西北軍區的特殊經歷。可惜母親已是精疲力竭，無力進行此事。以她一貫仔細認真的精神，她不會隨便做口述，一定要反復核實相關史料。一九五〇年代初期，第一野戰軍、西北軍區總政治部下屬的宣傳部和文化部，是一個人才濟濟、生氣盎然的地方，是西北地方的紅色文化重鎮，聚集了來自全國各地的文化工作者。母親的同事包括編輯莫耶（《延安頌》歌詞作者）、攝影師杜修賢、畫家黃冑，等等。母親也是在這裡認識了日後的丈夫魯直，與其結成連理。

生命的頌歌

在母親去世前的兩個月，她唱出以下這首歌。

春天裡來百花香，
朗里格朗里格朗里格朗，
和暖的太陽在天空照，
照到了我的破衣裳。

朗里格朗，朗里格朗，
穿過了大街走小巷，
為了吃來為了穿，晝夜都要忙。

朗里格朗，朗里格朗，
沒有錢也得吃碗飯，也得住間房，

哪怕老闆娘，作那怪模樣。

貧窮不是從天降，
生鐵久煉也成鋼，也成鋼。
只要努力向前進，
哪怕高山把路擋。
朗里格朗，格朗里格朗

遇見一了位好同志，
親愛的好同志，天真的好同志，
不用悲，不用傷，人生好比上戰場。
身體健，氣力壯，努力來幹一場。
身體健，氣力壯，大家努力幹一場。

她的唱腔聽來有些北方農村味道，我以為這是由陝北民歌改成的革命歌曲。但是後來我一查，才知道原來歌曲是一九三七年上海老電影《十字街頭》裡的插曲《春天裡》的片斷。據我舅舅說，這是她在小學六年級的音樂課上學唱的歌。那是一九四〇年至一九四一年間的廣州。歌詞裡的「姑娘」換成了「同志」，「遇到了一位好姑娘」變成了「遇到了一位好同志」。這也許是母親記憶的錯誤，也許是音樂老師故意這麼教學生的。這個歌詞的混淆，正顯示了母親一生中揮之不去的兩個傳統：都市的、世界主義的現代傳統，和中國本土的、民族的革命傳統。她經歷了波瀾壯闊的一生，離開時應當很安詳。

二〇二一年七月
美國加州戴維斯市家中

責任編輯　　林　冕
書籍設計　　吳冠曼

書　　名　　嶺南學人林縵華文集
著　　者　　林縵華
編　　者　　魯曉鵬
出　　版　　三聯書店（香港）有限公司
香港北角英皇道 499 號北角工業大廈 20 樓
Joint Publishing (H.K.) Co., Ltd.
20/F., North Point Industrial Building,
499 King's Road, North Point, Hong Kong
香港發行　　香港聯合書刊物流有限公司
香港新界荃灣德士古道 220-248 號 16 樓
印　　刷　　美雅印刷製本有限公司
香港九龍觀塘榮業街 6 號 4 樓 A 室
版　　次　　2022 年 3 月香港第一版第一次印刷
規　　格　　大 32 開（140 × 210 mm）224 面
國際書號　　ISBN 978-962-04-4907-9